青春的荣耀·90后先锋作家二十佳作品精选
高长梅　尹利华◎主编

风是年少的故乡

李泽凯 著

九州出版社
JIUZHOUPRESS｜全国百佳图书出版单位

图书在版编目（CIP）数据

风是年少的故乡 / 李泽凯著. –– 北京：九州出版社，2013.6
（2021.7 重印）

（青春的荣耀：90 后先锋作家二十佳作品精选 / 高长梅，尹利华主编）

ISBN 978-7-5108-2139-4

Ⅰ.①风… Ⅱ.①李… Ⅲ.①中国文学 – 当代文学 – 作品综合集 Ⅳ.①I217.2

中国版本图书馆CIP数据核字（2013）第113408号

风是年少的故乡

作　　者　李泽凯　著
出版发行　九州出版社
地　　址　北京市西城区阜外大街甲35 号（100037）
发行电话　（010）68992190/2/3/5/6
网　　址　www.jiuzhoupress.com
电子信箱　jiuzhou@jiuzhoupress.com
印　　刷　北京一鑫印务有限责任公司
开　　本　720 毫米×1000 毫米　16 开
印　　张　10
字　　数　130 千字
版　　次　2013 年 6 月第 1 版
印　　次　2021 年 7 月第 8 次印刷
书　　号　ISBN 978-7-5108-2139-4
定　　价　38.00 元

小荷已露尖尖角（代序）

高长梅

长江后浪推前浪，是自然规律，也是文学发展的期待。

80后作家曾风光无限——韩寒、郭敬明、张悦然等大批80后作家已成为中国当代文学的生力军，他们全新的写作方式、独特的语言叙述，受到了青少年读者的追捧。

几年前，随着90后一代的成长，他们在文学上的探索也逐渐进入人们的视野。

2006年，《新课程报·语文导刊》（校园作家版）创办时，我在学校调研，中学生纷纷表示，希望报社多关注90后作者，多培养90后作家。那年年底，我在南昌参加中国小说学会小小说年度排行榜评选时，与学会领导和专家聊起90后作者的事，副会长兼秘书长汤吉夫教授对我说：看现在的小说创作，80后势头很猛，起点也高，正成为我国小说创作的生力军，越来越受到文学评论界的重视。你有阵地，就要多给现在的90后机会，文学的天下必定是属于新一代的。副会长、著名散文家、文学评论家雷达博导，副会长、著名文学评论家李星编审都高兴地表示，今后会逐渐关注这些90后的孩子，还表示可以为他们写评论。2007年年底，中国小说学会在报社召开中国小小说年度排行榜评选会议，几位领导还专门询问90后作者的创作情况。

2009年，著名作家、茅盾文学奖获得者、解放军总后勤部创作室主任周大新到报社指导，听到我们介绍报社非常重视90后作者的培养，而90后作者也正展现他们的文学天分，报社准备出版一套90后作者的作品选时，周主任静下心来仔细翻阅那套书的部分选文，一边看一边赞不绝口，并表示有什么需要他做的他一定尽力。周主任的赞赏让我们备受鼓舞，专门在报上开设了《90先锋》栏目。这个栏目一推出，就受到90后作者、读者的欢迎。

2010年，著名报告文学作家、学者，中国图书奖、五个一工程奖、鲁迅文学奖获得者王宏甲到报社指导，见到报社出版的《青春的记忆·90后校园文学精选》及报上的《90先锋》专栏文章，大为赞赏，并称他们将前程无量。之后不久，我们决定出版《青春的华章·90后校园作家作品精选》。这套书收入18个活跃的90后作者的个人专集，也是90后第一次盛大亮相。曹文轩、雷达等为高璨作序，著名文学评论家李少君、张立群为原筱菲作序，著名评论家胡平为王立衡作序。此外，还有一大批中国作家协会会员如刘建超、蔡楠、宗利华、唐朝晖、陈力娇、陈永林、邢庆杰、袁炳发、唐哲（亦农）、孟翔勇、倪树根、李迎兵、杨克等都热情地为90后作者作序推荐。他们在序中都高度评价了这些90后作者的创作热情、创作成绩。当然也客观地指出了一些值得注意的问题。

90后作者的成长也引起了文学界的重视，他们当中不少人都加入了省级作家协会，尤其是天津的张牧笛还于2010年加入了中国作家协会。他们以自己的灵气、勤奋，正逐渐走向中国文学的前台。

张牧笛、张悉妮、原筱菲、高璨、苏笑嫣、王立衡、李军洋、孟祥宁、厉嘉威、李唐、楼屹、张元、林卓宇、韩雨、辛晓阳、潘云贵、王黎冰、李泽凯等无疑是这一代的代表。这其中我特别欣赏原筱菲。她不仅诗歌、散文等写得棒，美术作品别有特色，摄影作品清新可人。在报刊发表文学作品、美术作品、摄影作品2700多篇（首、件）。还有苏笑嫣。不仅诗歌写得好，小说也受评论家的好评。尤为可贵的是，她完全依靠自己的能力行走文学，却不去借助自己父母的关系走丁点捷径。还有张元。一个西北小子，完全凭自己对文学的执着，硬是趟出自己未来的文学之路。还有韩雨。学科公主，加上文学特长，使得她如鱼得水。

著名文学评论家白烨曾发表文章将40岁以下的青年作家群体细分为"70年代人"、"80后"和"90后"。他评价，90后尚处于文学爱好者的习作阶段。从创作来看，青年作家普遍对重大历史事件有所忽视，对重要的社会问题明显疏离，这使他们的作品在具有生活底气的同时，缺少精神上的大气。不过，在他看来，这些年刚刚崭露头角的90后有着不输于80后的巨大潜力。（转引自《南国都市报》2012年9月18日）

但不管怎样，成长是他们的方向，成长是他们的必然结果。

这次选编这套书，就意在为90后作家的茁壮成长播撒阳光，集中展示90后作家的创作实力。我们相信，只要90后的小作家们能沉下心来，不断丰富自己的阅读以及丰富自己的社会积累，努力提升自己写作的内涵，未来的文学世界必然会有他们矫健的身影和丰硕的成果。

我们期待着，读者也期待着！

目录

CONTENTS

1

1

第二辑

早晨掠过的翅膀

第四辑

解构阅读

第一辑

我们的青春似水流年

我们的青春似水流年

"要不,我们在一起吧?"

"不好。"

"为什么?"

"不知道,就是觉得不好。"

…………

总觉得这片天空很大,很蓝。视线的三分之二深深地被这湛蓝的颜色所占据,那凌乱的思绪,那繁忙的视角,在瞳孔闭上的时候,似一颗颗没有重量的尘埃,轻而易举地扬起过往的记忆。如同眼前的一男一女,陌生的面孔,却咕噜着熟悉的话语。

第一次你也这样问我:"要不,我们在一起吧?"而我只是抿着嘴,轻轻地摇摇头,半晌才回了一句"不好"。而等到你问"为什么"的时候,我却匆匆跑开了。后来想起那时候,我依稀记起印象中你那张失落的脸,眉头上写满了"尴尬"二字。

"高中很关键,能不能考个好大学就看这三年了,专心学习……"

回到家又是父母一成不变的唠叨,这是我从未向别人提过的事情。我像一只羽翼未丰的雏鸟,即使即将到了十八岁的青春年华,遇上风,我也不敢轻易展翅飞翔。于是,对于你突如其来的告白,我最多只能微微一笑,当作一种谢意。

只是万万没有想到,当你第二次告白时,我还来不及拒绝,内心却重重地点头。

你说,你会对我很好。

而我,选择了相信。

——

回忆中,天空还是湛蓝的一片,白色的云朵一朵挨着一朵,恰似一串串珍珠,上面缀满了学生嬉戏的笑声,久久未散。

这是上高中后第一堂体育课留给我的印象,也是你第一次出现在我的眼前。那时候我们彼此陌生,在解散后,我选择坐在树荫下乘凉。都说七月的太阳红似火,我是一个怕热的女生,在这样的夏天里不愿多走动,于是只好望着天空发呆。此时,你一声不吭地在我的身旁坐下。我只匆匆看了你一眼,继续抬头仰望,没有想过理你的意思,最后却偏偏被你开口的第一句话给逗乐了。

你说:"你叫小颖,你的名字和我一个初中同学一样。"

你的话语刚落下,我便忍不住偷笑了起来。你问我笑什么,我却反问你是不是喜欢你口中的"初中同学"。顿时,你惊讶地站起身来,双手紧张地往后摆:"你怎么知道?"之后,你还称赞我聪明。

那么,你对聪明的定义是什么呢?

其实不是我聪明,而是你的表现好像电视剧上刚开始男主角搭讪女

主角一样,以为你认识女孩子的方式是从那学来的。后来想想也不是,你说你从初中开始一直都是住校,在夜夜只有四面墙陪伴的日子里,怎么知道电视上的这些呢?

之后你给我看了你初中的毕业照,你指了指其中一个清秀的女孩告诉我,她就叫小颖。从照片上看,她清秀的长发很自然地往后摆,娴静地端坐在椅子上,脸上微微扬起的弧度让人欣喜,看起来多像是文静乖巧的女孩。

你说,她就像一位善良的天使,身为班长却没有班长的威严,很亲切耐心地指导成绩落后的同学;你说,她是一个很孝顺的孩子,年迈的奶奶生病了,她像哄小孩一样哄着,一口一口小心翼翼地喂药;你还说,她和我一样笑起来很好看。

而你说的这些我通通不知道,因为我始终不认识你口中的小颖,我怕的只是久而久之,你会把我当作她。

我知道我除了名字与她相同之外,其余的都不像。我不是班长,但假如我是班长,我不会亲切耐心地给同学讲解;我也不像她,我会害怕听到父母的唠叨,他们生病的时候我最多只是提醒一下叫他们记得吃药;而对着照片上的那个她,我自知自己笑起来没她好看。

但奇怪的是,小颖成了我们之间必不可少的话题,我从你那里了解到很多关于她的事。不知道什么时候开始,我时常暗自偷笑,幻想着某一天,我这个小颖成为像"小颖"那样优秀的女孩。

我对你说:"你人真长情。"

你沉默着摇头,脸上的笑容带点腼腆。

起初,我以为你会一直长情下去,直到那天,当人群散去,同样在树荫下遮阳时,你却冒出一句出乎意料的话语:"要不,我们在一起吧?"

你的一句话,让我有些不知所措,我不知道怎么应答这么突然的问话,只抿着嘴,轻轻地摇摇头,半晌才回了一句"不好"。在你问"为什么"的时候,我却匆匆跑开,留下你独自一人在树下发呆。

你不知道,那时,我匆匆跑进了厕所,默默哭了起来。

二

然而第二天,我们仍若无其事地走在一起,谈谈话,说说笑。因为我们都明白,我们不能让任何事来影响我们之间的友谊。

周末的时候,你约了我出来。

你说:"难得有个周末,我们就出去走走。"

听了你这句话,不时内心有些难受。你是一个节俭的男生,不想多花费家里的钱,别说平时不出去,即使到了周末,你也宁愿一个人蜗居在宿舍,抱着书看。那么这一次你提议出来走走,我想你肯定是太寂寥了吧。

我记得那天风和日丽,街道上满是笑容可掬的路人,道路的两旁,是摆地摊的小贩,他们脸上的表情像是在告诉行人,他们不怕辛苦,怕的只是没钱养家。

我不知道为什么自己当初脑海里会想着这些,但我知道我不能让你破费,于是,当每次你开口说送我某个礼物,或是买什么吃的给我的时候,我都摇头拒绝。

你笑着说:"什么你都不要,你是在挑剔吗?"

我同样笑着说:"算是吧。"

你问我:"什么叫'算是吧'?你说,你喜欢什么?"

我匆匆扫视了一下四周,指了指前方那个卖冰糖葫芦的老人家,说:"我喜欢吃冰糖葫芦。"

你买来的冰糖葫芦色泽很鲜红,一颗颗串联在一起,诱惑着人的口

水。我轻轻咬了一口，但味道有点太甜了。原来，有时候有些事物并不能光看外表，不知道这个道理你懂吗？你一定不懂，因为我时常对你说，我没有你初中那个小颖好，而你却说不是，都很好。

之后，你居然给我写了一封信，那封信我至今还记得，信封和信纸都是可爱的小叮当图案，信纸上那一行行墨色的字体虽然不是很多，但写得很好看，里面写满了一些感谢的话语，感谢我陪你走了一天。你说，只要我喜欢的东西，你就会像小叮当那样从百宝袋里取来给我。

这是我收到的第一封信，不像电视剧上的情书，那么肉麻。它更像青春小说里的故事，除了青涩与懵懂之外，还那么的清新。

对于你这封信，我只回了三个字：谢谢你。

谢谢，谢谢……其实我想说的岂止是"谢谢"如此简单？

不知道从什么时候开始，我多么想成为小颖，可我知道，我不是，也不可能是。

三

梦里，我梦见了一座绿树茂盛的森林，晶莹的露水从绿叶上轻轻地滑落，"滴答"一声滑落在泥土上，渐渐被蒸发，枝头上栖息着的鸟儿在放声歌唱，像是在欢迎森林里的他们。看清了才知道，他们一个是你，一个是我。

你说："我们玩个游戏，捉迷藏怎样？"

我说："好啊。"

你说："那你先闭上眼，数到三后来找我。"

我点头，闭上双眼，笑着喊着，一、二、三。睁开眼的那一刻，树上的鸟儿和你一样不见踪影，我在森林里穿过一片又一片草丛还找不到你，直到日落黄昏，我内心既焦急又害怕地边走边呼喊你的名字，我大声喊："我不玩了，你出来吧。"而你，始终没有出来。四周很安静，静得每走一步都有回声，我还是我，独自一人，而你，像是在大海航行的船只，瞬间消失在氤氲的雾气中。

醒来的时候，晨曦的光线借着细缝，直射在我的床前。

我知道，有些梦，仅仅是梦。

可是，让我意想不到的是，那天考完试，你却跑来问我："我们玩个游戏吧？"

我莫名其妙地看了你一眼，不敢说好，只是吞吞吐吐地问："玩什么？"

你字句清晰地说："玩做我女朋友。"

我诧异地又望了你一眼，不觉往后退了几步："你……开什么玩笑，这也能玩？"

你有些不好意思地低下了头，说："过几天我们几个初中同学聚会，他们每个人都说会牵着女朋友去，所以……"

停顿了片刻，你继续说："你做我女朋友吧，聚会过后，这场游戏就结束了，可以吗？"

说着，你从身后取出事先准备好的冰糖葫芦递在我的眼前，眼里写满了期待。

我不知道你是不是真的只把它当作一场游戏，我的内心却当作是你的第二次告白，然而很奇怪，我还来不及拒绝，内心却重重地点头。你对我的好，我一直牢记在心，这样，我就答应陪你玩这场游戏吧。

那时，你欣喜地点头，兴奋地将我抱起来，转了一个小圈。

这是一场游戏？管他呢，开心就好，不是吗？

四

我们真正的开始是在第二年夏天。

那天的黄昏,天空阴沉沉的一片,随后下起雨来。那让我想起了寒假的那一天,你带着我去见你那群初中同学,离开的时候同样是黄昏,同样突然下起雨来,我们两人在路边陌生人家的屋外避雨。

雨越下越大,风吹,雨水便一点一点地打湿我们的衣服。

此时,你毫不犹豫地脱下外套,遮在我的头顶上。我没事,而你,却湿润了一大片。

我敲了敲你的脑袋,笑话你是傻瓜。

而你笑嘻嘻地点头,说:"可我今天很高兴。"

我问:"为什么?"

你说:"因为有你。"

对话在三言两语后随着雨水的静止而静止,我们彼此沉默,走过大街小巷,直至你看着我走进家门,你才放心离开。

游戏结束了吗? 结束了。

可你说,还没,才刚刚开始。

于是,在你又一次撑起外套,牵着我的手一路奔跑的时候,我的内心已经决定陪你一起走下去,把游戏进行到底。沿途的风景,便是我们幸福的点缀,有花,有草,有蝴蝶,有鸟儿……还有,我们的影子。

第一次月考后我生病了,向老师请了假在家里休息。那时候我躺在床上,头有些重,像是被压了什么重物似的难受,然而我不忘将手机握在手心里,因为你说,你会发短信或是打电话给我。

直到夜晚才等来了你的短信。屏幕上简简单单的几行字,比我吃的药还管用,让我一下子精神起来。在我开始动手回复你的短信时,你却意外地来了电话,我便欣喜若狂地接听。在电话里,你和我讲,今天在学校里发生了什么,你告诉我,今天老师讲了什么知识,你对我说,你很想我。我想说,我也是。另外,我很想问,你真的是我现实中的小叮当吗?因为我想回复短信说想你来电话,让我听听你的声音,不一会儿你便打来了电话,好像知道我内心的想法。

那一个晚上,我在快乐中熟睡,也在快乐中醒来。

而闪着亮灯的手机里,是你一大早发来的短信,提醒我记得吃早餐,记得吃药。

五

回到学校的日子,我们之间多了一种习惯,在课堂上悄悄地传字条。

还记得淡蓝色的正方形字条上全是小叮当的图案,每个小叮当的姿势都不同,有坐着的,有站着的,有跳着的……你传过来的字条上,每个小叮当手里都拿着用笔画上的冰糖葫芦,我笑话你说,小叮当不是喜欢豆沙包吗?而你说,小叮当认识小颖后就喜欢冰糖葫芦了。

你知道吗?我当时的内心有多幸福。

我很想对你说,小颖也是认识小叮当后才喜欢冰糖葫芦的。

你写来的每一张字条,我总是留着、收藏着,然后折叠成一只只纸鹤,用细线把它们串联在一起,悬挂在我的房间里。每夜因为有它们的陪伴我才能安然入睡,醒后看着它们又是越发欣喜地跳起来,它们像是我梦中的精灵,睡前温柔地对我说,晚安,醒后又亲切地告诉我,又是美好的一天。

你说,你会对我很好。

而我,选择了相信。

可是就在高三的开始,就在一切都美好地进行着的时候,那些字条,以及你写下的那些甜言蜜语,都被我妈给发现了。随之发生的是,那些已折成纸鹤的字条也被撕扯成一堆废纸。看着一小块一小块破碎的纸张从我的指尖滑过,我的心也跟着碎了那样,我仿佛听到纸鹤哭泣的声音,夹杂着惶恐。

我怕我们会因为父母的反对而分开。你笑笑,温柔地擦干我脸上的泪水,说了很多安慰的话来安抚我的心。

——我明白你的心情,但是别担心,我们会好好的。

——你什么都不要想,专心学习,一切有我。

——你看看这一望无际的蓝天,上面有我们笑过的影子。

好多好多的话,我知道你在安慰我的同时也是在安慰你自己,其实你的内心不也是同样的害怕吗? 那么当你背对着我,独自一人时,你在想些什么? 我不知道,也不想知道,我还是怕,怕我们终究要在分岔路口上各自选择不同的路,两个人,两道影子,朝着两个相反的方向。

于是,在和父母吵了一架后,我摔门而出,头也不回地往前跑,脑海浮现的是你说过的话。我在学校的门口停下,靠在一棵树下埋头哭泣。路边的灯火忽明忽暗,风吹了,又停了。灯光下我的影子,越来越长,可我的思绪,很乱,很复杂。

一直很想问你,那天,你是听到我的声音了吗?

你静静地走来,然后紧紧地搂着我,什么话也不说,就那样,搂着,沉默着。

可是,从那天之后,你变成了一个陌生人。每当我从你的座位旁走过,你总是刻意地将目光移向其他人,然后凑上去闲聊;每次放学后,你一把甩上书包就跑,好像害怕我会跟上去的样子;而在夜里,手机再也没有响过你打来的电话或是发来的短信。每次我问你是不是发生了什么事,你仅摇摇头,勉强笑了一下又匆匆跑开了。

之后,我们开始有了争执。我说东,你偏说西,我走前,你偏往后。

后来,我又一次病了,但没有请假,你只冷冷地说:"记得吃药。"后来,我特地给你打了电话,我还没开口,你却冷冷地说:"现在还在看书,快考试了,你也别偷懒了。"后来,我亲自买了冰糖葫芦给你,你只匆匆瞄了一眼,同样冷冷地说:"我吃饱了,你吃吧。"

你不再理我,走的时候也没有回望我一眼。

我不知道是我们出了问题,还是我,还是你呢? 回想起那个梦,你说要玩捉迷藏,结果却莫名地消失,留下我一个人在麻木寻找。难道,有些梦,说出来不是梦,而是真实存在? 就像现在,我已经找不回曾经的那个你了。

高三的试卷铺天盖地,隔着堆积如山的课本,我们的话语越来越少。月考成绩出来,你我都退步了好几个名次,而那次,也是你重新开口,不是安慰我,而是骂我。你说,学习成这样,真是太令人失望了。

是的,失望,对你,对我,对我们。

六

回家的路上,突然遇见了你那些初中同学,就是上次聚会,你叫我假装你女朋友那次。我们聊了几句,他们好像知道我如今的心情似的,叫我要开心点。我知道,你肯定把我们的事向你的同学倾诉了,最后在我的再三请求下,他们还是说了。

你知道吗?

我猜想过,是我的家人找过你,只是我不敢确定,也没有机会问。

他们告诉我,你要让我专心学习,所以打算不再理我。

他们告诉我，你独自在撑着。

他们告诉我，其实你很难过。

为了我，你选择了沉默，选择了陌路。你以为这样做，之后所有的一切会变回原来那样吗？你以为你不再理我，就会让我专心学习？其实你错了，在很长的时间里，没有你的短信，没有你的电话，没有你的安慰，我好像什么事也做不了。高三的日子不多，可电话那边的忙音却无止境似的，一直等不到渴望的声音。

拍毕业照的时候，每个人都笑得很开心，除了我。明明天气很晴朗，明明自己对自己说过要微笑，可是最后还是没法做到。照片发下来后，我留意到不开心的，还有你，你那牵强的笑容上闪着黯淡的目光。

偶然路过一家电器店，里面摆放着的电视上播放着我不知名的电视剧。电视剧内的画面刚好闪过一个孩子打着游戏，一个母亲端着做好的饭菜出来，然后游戏的画面出现"Game Over"一行闪亮的英文字母。

——孩子，游戏结束了吗？

——结束了。

——那去洗个手，准备吃饭。

——好的，这游戏一点都不好玩。

游戏结束了吗？结束了。

一点都不好玩。

没错，这场游戏结束了，而且一点也不好玩。

我决定抛开昨日的烦恼，选择今日的快乐。高考即将到来，我要做的是专心学习，考个好大学。之后，做试卷占据了我大半时间，累的时候，戴上耳机听一听歌，休息过后，又与时间做斗争。

高考前，你约了我出来，劝我不要有太多的压力。

我若无其事地回答你，好的。

可是你不知道，那天我并没有马上离开，而是躲在拐角处，看着你一步步远去的背影,轻声说,你也是。我知道,为了我,你已经浪费太多时间了,我知道,青春总是有限,你还有你所要追求的梦想,我也知道,高考后,我们将各奔东西,连带着我们的回忆……

高考的那天,我坐在陌生的教室里,抬头望着窗外,周围没有熟悉的同学,有的只是湛蓝的天空陪伴。试卷发下来后,手里的笔尖直到考试结束了才停,心里想着你高考前的话。

最后一科考完,离开考场那天,校外挤满了黑压压的人群。看着这番景象,我暗自微笑,他们都解放了,有的跟着父母回家庆祝,有的手牵手,一起离开这压抑了人很久的地方。其间,我看见了你的身影,你在四处张望,似乎在寻找某个人的影子。你低头打了电话,我这边的手机响了,可我没有接听。

我在人群中缓慢走开,而你,还在原地。

我忘记了自己走过多少条路,忘记了一路上是否有经过我们曾经走过的。我想着,我们的幸福来之不易,可幸福需要经历挫折才算美好。我的父母是一个传统的人,高中之后还有大学,他们要我以学业为主。那么,我们的幸福能否经受时间的考验呢?

我不知,你也不知。

所以在我接听了你的电话后,我们谁都没有提过。

"那个……是我……"

"嗯,考得如何? "

"还好,你呢? "

"我也还好,即将要成为大学生了,加油哦。"

"嗯,你也是。"

"…………"

七

　　有时候，我们徜徉在青春的长河中，总一味地认为青春的奢华是可以大片挥霍，什么也不用理会，最后在留下片刻悲伤时才懂得成长。

　　上大学后，偶尔我们也会聊聊电话。比如上大学怎么样，最近有什么新鲜事发生。每次在和你聊电话的时候，我总会想起某个夜晚，我在床上躺着，你在电话那边哄我睡觉的情景。但我们的话题再也没有出现过曾经，正因为如此，才会使得这一切仿佛还在昨日，又仿佛重新来过。

　　其实，这也挺好的。

　　也是后来才清楚地明白你的想法，你想着，等我们完成了学业就可以在一起，对吧？那么，就让时间来做个证人，我们的游戏结束了，在新的故事即将展开之时，我们选择等待，不管最后谁输谁赢，至少我们都不曾后悔。

　　路上，城市的繁华化作白雾，轻而易举地遮掩住悲伤浑浊的一面。

　　物非，人非，却依旧勾起回忆。

　　人群中出现了两个人的影子。

　　"要不，我们在一起吧？"

　　"不好。"

　　"为什么？"

　　"不知道，就是觉得不好。"

　　…………

　　嗯，有时候，不好的意思就是好。你，我，我们的青春似水流年，然而曾经的点点滴滴依旧还在。阳光中夹杂着明朗的笑声，勾勒在蓝天这张画纸上。

一直没有告诉你,为什么当初知道了你的苦衷后还不去找你。因为我不想你那么辛苦地维持一段感情,我不能那么自私。假如此刻我们的游戏重新开始,那么在还没有 Game Over 的时候,我会紧紧地抓着你的手,对你说一声,谢谢。

风车转过的年华

一

林欣很喜欢哥哥林木送的风车,视为珍宝。

那已经是小时候的事情了,放学的路上,林木牵着林欣的小手走在回家的路上,林木的嘴上哼着小曲,林欣很享受地倾听着。

途经集市,林欣的目光便被卖风车的摊位给吸引住了。

风车静静地立在一旁,红橙黄绿青蓝紫,颜色各异的风车摆放在一起,俨然间成了一道亮丽的风景,比彩虹还美。

林木拉着林欣慢慢地走过去,转过头问:"你喜欢什么颜色的?"

林欣抿着小嘴,视线打量了一番,指了指蓝色的风车。

拿到风车的林欣兴奋地挥舞着，微风吹过，风车就一直在半空中打转。林欣望着比自己高出一个头的林木，咧着嘴笑道："谢谢哥哥，我很喜欢。"

林木笑着点点头，喜欢就好。

后来，风车在一次搬家的时候就不翼而飞了，林欣哭闹着不肯吃饭，不肯离开，林木摸了摸林欣的头，笑着说："听说我们新家的地方那里，有个大大的风车。"

林欣止住了哭声，张圆了眼睛，问："真的吗？"

林木笑着点点头。

二

林木没有欺骗林欣，那儿真的有大大的风车矗立在那儿。

林欣的新家隔壁有个农场，农场上就有一个大风车。搬到新家后，每天放学，林木和林欣到大风车下奔跑、吹风、玩耍、玩躲猫猫游戏便成了习惯，作为新邻居，农场的王叔叔很热情，每次看见他们玩累的时候，王叔叔都会拿着水果请他们吃。

长大后，两个人各自都开始忙碌着功课，林木上高中的时候，林欣也正处于冲刺高中的初三阶段。那一段时间，家里多了两个客人，一对陌生的中年夫妇时常会到林欣的家中做客。第一次见面的时候，爸爸让林欣和林木管他们叫叔叔阿姨，林欣礼貌地叫了一声，而林木则破天荒地沉默着，面无表情地回到房间去。

直到中年夫妇离开后，林木才出来，恢复原样。

林欣好奇地问："哥哥，你怎么不出声？"

林木淡淡地说："想东西啊，学习太忙了，功课都没做完，还说什么话？"

林欣双手托着下巴，摇头："我是说叔叔阿姨在的时候，你怎么都不出声啊？"

林木沉默了一会儿，说："我不喜欢他们，就这样。"

那时候林欣才惊讶地发现，从小到大都很理性，很有规矩，很有礼貌，很有分寸的哥哥居然也有讨厌的人。

不过林欣想想自己和林木比起来，还是哥哥比较懂事一些，毕竟哥哥只保持沉默，而林欣对待讨厌的人，不仅翻白眼，只要对方稍微有些过分，她就会用尽"三寸不烂之舌"把对方骂得够呛，就比如她对待李生。

三

李生是班级里出了名的"小混混"，终日无所事事喜欢整蛊别人，但碍于他是富二代，其父亲和校董是朋友关系，所以很多人都选择忍气吞声，包括老师。

唯独林欣，她在李生面前总能高昂起头来，怒目对视。

有一次，李生偷偷地把一只蟑螂放进林欣的书包里，林欣翻找书籍的时候，那只丑陋的蟑螂慢悠悠地爬出来，霎时间，林欣的尖叫声响彻了整个教室，分贝和林欣的叫喊声一样大的是李生的嬉笑声。林欣咬咬牙，甩了甩书包，蟑螂从这边飞往那边，最后落在李生的嘴里，弄得他跑进厕所吐了半天。

但让林欣没有想到的是，李生和他的父亲李荣出现在自己的家中，父亲很热情地招待。见到林欣的那一刻，李生露着和平常不一样的嘴脸，显然比较友善，人前人后不是一个样，让林欣更加厌恶。

爸爸唤着林欣，让林欣喊李叔叔，李生哥哥。林欣很有礼貌地喊了

一声李叔叔，视线瞥过李生那儿时只白了一眼，转身回房间。

后来，林欣才知道李生的父亲和爸爸有商业合作，那次来家里并不是秋后算账，而是洽谈业务，这让林欣大大地松了一口气。

四

不过，李荣没有秋后算账并不代表李生不会。

放学路上，李生找来了帮手堵住了林欣的去路。林欣倔强地睁大眼睛，丝毫没有怯场，冷冷地说："你们想干什么？"

李生伸了伸手，咧着嘴："收保护费，快拿来。"

那个时候，林欣已经从别人的口中得知，他父亲李荣知道了那次的"蟑螂事件"，并且知道始作俑者是李生，于是下达命令限制了李生的零用钱。

林欣得意地扬起嘴角："怎么了？没钱用啊？找你爸要去不就得了。"

林欣的话语让李生感到愤然，脸色一变，将林欣推到一旁："少废话，都是因为你，我爸爸才不给零用钱的，快赔我。"

林欣死活不给，李生挥起拳头，随着林欣的一声尖叫，李生的拳头也被林木接住了，林木二话不说将拳头重重地打在李生的脸上。倒地的李生痛苦地摸着脸，看了看愤怒的林木，连忙起身和身后的帮手一起落荒而逃。

林欣一头埋在林木的怀里，眼角的泪水溢出，那一刻林欣发现，原来倔强的自己在亲人面前会变得如此柔弱。林木温柔地摸着林欣的头，笑笑："傻丫头，没事啦，他们已经走了。"

林欣止住了眼泪，说："可我怕下次他们还会来找麻烦。"

林木说："没事，以后放学，哥哥去接你一起回家。"

五

从那以后,林木会准时出现在林欣的校门口,在树荫下等待。也是从那开始,李生的态度明显收敛了许多,他再也没有主动找碴,听说他又被李荣狠狠地教训了一顿。

然而,让林欣万万没有想到的是,哥哥居然和李生"不打不相识"地成了好朋友。在一次出去沙滩游玩的时候,李生突然出现在林欣面前,让他惊讶万分。

林欣侧身推了推林木,轻声说:"哥,怎么把他也叫来了?"

林木大大咧咧地笑笑说:"没事,现在都是朋友,一起玩啊。"

李生听到了,也挂起了微笑,接下话:"对啊,对啊,朋友,以前的种种,真的很抱歉。"说完,李生还破天荒地鞠躬。

林欣半信半疑地点头,只好答应。

虽然李生已经不再闹事,但林欣还是要林木每天准备过来接她一起回家,仿佛这已经成了一种习惯。林欣拉着林木,像小时候,她拉着哥哥,活蹦乱跳,其实林欣在林木面前,就想永远长不大,而时光不会行走太快。

让林欣重新讨厌李生的,是李荣。

六

爸爸的公司濒临破产的边缘,具体的事情林欣并不清楚,只听说那都是李荣干的好事,在爸爸的背后捅了一刀。从那时起,爸爸终日借酒消愁,甚至,林欣依稀觉得爸爸的白发多了,像一道道刺目的光线,让人

眼睛生疼。

　　课间休息，林欣"啪"的一声，一只手重重地打在课桌上，将闭目养神的李生给怔住了。李生莫名其妙地望着怒气冲冲的林欣，问："什么事？我哪得罪你了？"

　　林欣喊道："得罪了，而且罪恶滔天，你们全家人都得罪我了。"

　　李生皱了皱眉，用严肃的语气说："发什么神经，你说我可以，为什么扯上我的家人？"

　　林欣继续说："要不是你爸干的好事，我爸爸就不会如此颓废，他公司都快破产了，这下子你该开心了吧？"

　　李生低下了头，沉默了一会儿，说："可我什么都不知道啊，就算知道也没什么，那是大人之间的事情，我也管不了。"

　　林欣什么也没说，沉默着走出教室透气，因为她觉得李生说得对，那都是大人间的事情，我们什么也帮不了。

　　爸爸每天很早出去忙碌，那对经常做客的叔叔阿姨还是会偶尔过来走一趟，等他们离开后，妈妈静静地坐在沙发上，沉默着，身体像一座雕塑般僵硬。

　　林木带上林欣在风车下坐着吹风，林木说："还记得小时候那个蓝色风车吗？"

　　林欣点点头："记得，可是最后还是不见了，现在也没得买了。"

　　林木说："终有一天，哥哥会重新买回一个一模一样的给你。"

　　林欣眉头松开，笑了起来。

七

　　晚上，爸爸妈妈和哥哥一起在房间里密谈某些事情，但林欣全然不知,因为那是林欣睡觉以后的事情。那个夜晚,三个人的话语都并不多,与爸爸妈妈纠结的表情相比,林木显得冷静许多。

林木淡淡地说:"这事情就这样决定吧,爸爸妈妈,谢谢你们。"

爸爸沉默着,妈妈已经泪流满面。

第二天,同样在大风车下,林木对林欣说:"如果有一天哥哥不在了,你要好好生活下去。"

林欣一时间对林木的话语摸不着头脑,问:"什么不在了?哥哥要去哪?我要和哥哥一起去。"

林木笑笑:"不去哪里,就是随便说说,反正总有一天你要学会独立。"

林欣摇摇头,挽着林木的手,撒起娇来:"不要,哥哥要照顾我一辈子。"

"那以后你上大学了呢?"

"也一样啊。"

"那以后你遇见了一个喜欢的男孩子呢?"

"那你得在身边看着我,防止我被骗啊。"

"傻瓜。"

"哈哈,傻人有傻福啊……"

八

中考结束的那天晚上,家里弄了一顿丰富的晚餐,全都是林木和林欣喜欢吃的饭菜。每一样精美的食物都诱惑着林欣的口水,林欣睁大了眼睛问:"妈,今天是什么日子啊?这么丰盛?"

妈妈说:"先预祝你考上重点高中,然后也庆祝爸爸的公司顺利度过

了困难期。"说完,妈妈的眼角有着压抑不住的泪光。

那天晚上,他们全家人其乐融融,聊起了许多开心的往事。那天晚上,林木说:"你要学会独立了,即将上高中了。"那天晚上,林欣早早地就睡了,中考耗尽了她所有的脑力和精神,也该好好睡一觉了。

第二天,晨曦的光线透过窗口直射而来,但整个房子变得安静了许多。从那天起,林木便消失了,就像一朵云烟,瞬间消失在空气中,连最起码的"再见"也没有,没有预兆,没有过程。

妈妈说:"哥哥出远门了。"

爸爸说:"哥哥去学校住宿了。"

…………

这些都是烂俗的借口,林欣慌乱地跑遍了整个农场都不见林木的踪影。在林欣的反复追问下,妈妈流着泪道出了事实。那时候,爸爸的朋友迫于无奈将自己的孩子丢在孤儿院的门口,爸爸知道后一怒之下将朋友痛骂了一顿,并且独自找到了那家孤儿院,将孩子抱回来。当年抱回来的孩子就是哥哥林木,而那对叔叔阿姨正是林木的亲生父母。

这也就不难理解,为什么叔叔阿姨会经常来家里做客,为什么哥哥会无缘无故讨厌他们。最后,如今富贵的他们承诺会用一笔钱投资到爸爸的公司,以帮助爸爸渡过危机,但条件是让哥哥回到他们身边,跟着他们一起移民。

那个晚上,爸爸妈妈还在纠结当中,林木自己点头答应了。

林欣"哇"的一声哭了出来,躺在妈妈的怀抱里,歇斯底里的。林木走了,就再也不回来了,放学再也没有他的接送,大风车下,再也不会出现他的影子了,就像那个蓝色的风车,不见了。

九

在即将开学的时候,妈妈告诉了林欣一个好消息,林木要回来了。林欣喜笑颜开:"哥哥是回家呢? 还是只是回来看看我们,然后又要走呢? "

妈妈字句清晰地说:"回来看我们呀,哥哥说,以后有时间都会回来的。"

林欣心里边隐隐的还是有些难过,但为了能给林木一个开心的模样,她还是扬起嘴角。正在她日盼夜盼的时候,却盼来了坏消息。

哥哥乘坐的那架飞机出事故了,整架飞机坠入海里。

那一段时间,林欣每天都锁定电视的新闻报道,新闻的主持人详细地讲解这次的事故,画面导入现场,已经有不少人得救了,视线划过一张张陌生的面孔,始终没有熟悉的人影出现,在主持人报出失踪人数的时候,她在默默地祈祷。

林欣说:"给叔叔阿姨打个电话问问吧。"

妈妈摇摇头:"电话打不通了……"

开学的时候,林欣想起了哥哥林木的话,要学会独立。那个时候距离林木失踪已经一个星期了,那段时间,她哭过,沉默过,最后,她出奇的冷静,淡淡地说:"我想申请留校住宿,我要学会独立。"

爸爸妈妈不说也都知道她心里的难过,只好顺着她的意思。

学校住宿的日子,宿舍的几个姐妹天天都会聊八卦,林欣对八卦没兴趣,一姐妹拍了拍她的肩膀,笑笑:"过来一起聊啊,你知道吗? 梁朝伟最新主演的电影快上映啦,要不要一起买票呀?"

林欣微笑着摇摇头,转移了话题:"要不,我们来聊聊亲人,比如你们

都有哥哥吗？你们哥哥是个什么样的人？"

"我哥哥是个粗人，笨手笨脚的，不提也罢。"

"我哥哥什么都比我好，老爸整天唠叨着让我向他学习什么的，还好现在来学校住宿，少了他的唠叨。"

"我没有哥哥，只有一个弟弟，前两天考试得了 59 分，还被我妈痛打了一顿。"

…………

这样比起来，还是林木强多了。

林欣笑笑，姐妹见着这般无聊的话题，也纷纷摇头继续她们的八卦主题会。

十

妈妈打了电话，让林欣周末回一趟家，说想她了。

林欣回家只随便收拾了几件衣服，途经农场的时候，她看见了大风车还是安静地立在那儿。她慢慢地走近，一点，一点，熟悉的物体也一点一点地被放大，放清。她看见了大风车下的泥土插着一个蓝色的风车，因为有风，风车就一直在转。

终有一天，哥哥会重新买回一个一模一样的给你。

那是林木的声音。

王叔叔远远地看见了林欣，挥着手，大声喊："小欣回来了呀，这么巧，今天……"

然而，王叔叔的话语她已经听不清了，她手中紧紧地握着蓝色风车，往家里跑去，此刻的阳光温柔地洒在林欣的身上，她看见了家门口，有个闪闪发光的身影在等待。

钢琴里的梦

一

17岁的蓝玲是一个长相可爱的女孩，然而站在黑压压的人群里，她总是埋着头，用长长的秀发掩盖自己那张沉闷的脸，试图在喧哗里寻找一处安静。可谁也不知道，她有个梦想，那就是在华丽的舞台上，笑靥如花地为观众弹奏一首优美的钢琴曲。为了这个梦想，她努力练习弹琴，一次次的练习使她进步飞快。可是，这个简单的愿望对她来说还是那么遥不可及，因为她在人多的时候会不由自主地紧张。

有一次，家里请来了客人，母亲让蓝玲当众弹奏一曲。顿时，蓝玲皱起了眉头，双手紧紧地揉搓着衣角。直到母亲给她使了一个眼色，她才支支吾吾地说好。

毋庸置疑，原本熟悉的曲子因为蓝玲的紧张被弹得一塌糊涂，客人们失望地摇着头。同样的事情还发生在班级，结果依然如此，还惹来了同学们的嘲笑。

"小美,我是不是很失败?"蓝玲向叶小美倾诉着自己的烦恼。

叶小美是蓝玲的好朋友,也是班级里唯一一个真正相信蓝玲会实现梦想的女生,事实上,她已经亲耳听过蓝玲弹奏的曲子,柔和的声音仿佛能穿透嫩叶,来到密密层层的深林。

叶小美摇摇头,握着蓝玲双手,安慰道:"才不是呢,你是最棒的。"

二

最棒?这是多么可笑的名词啊。

有时候蓝玲在想,自己简直就是一根废材,稍有紧张都会乱了节奏。有时候她会联想到电视里比赛选手流畅地弹奏乐曲,尽管那份成功的喜悦永远不会属于自己。

这天,心情失落的蓝玲在放学后没有马上回家。她独自行走在空旷的操场上,低头看着自己被夕阳拖长的影子。自己的梦想多像那影子,越来越长,也越来越遥远。蓝玲想。

就在她随脚踢开一块小石子的时候,从不远处传来优美的钢琴声,静谧舒缓的旋律将蓝玲深深吸引了。那些淡然的音符,仿佛将她带入一个绿色舒坦的森林,林中有鸟儿歌唱,鲜花舞蹈。

蓝玲小心翼翼地向声音源头走去。她来到了教学楼的音乐室,隔着透明的玻璃窗,看到了一个长相俊俏的男生。男生微闭着双眼,手指在黑白的琴键上灵活地舞动着,轻而易举地控制着音乐的节奏。显然他已陶醉在音乐的世界里,所弹奏的每一个音符都像天空中的云朵般轻柔。

蓝玲在室外听了良久,优美的琴声才静止在空气中,她躲在角落目送男生离开,直到他消失在拐角处。

随即,蓝玲走进音乐室,在黑色的三角钢琴前停下。她不由得伸手温柔地抚摸一下那黑白的琴键,原本抿紧的嘴巴在缓缓地张开。四周很是安静,静得只有风吹的声音,蓝玲仿佛听到了自己的内心世界传来欣喜的声音:坐下来弹琴吧,弹你喜欢的歌曲。蓝玲嘴角微微颤了一下,缓缓坐了下去,同样微闭着双眼,白皙的手指轻轻地拨动了第一个音符。

就这样,她也被自己的琴声所陶醉,很流畅地完成了一首又一首曲子。

三

"我叫张进,你呢?"

就在街道的拐角处,她意外地遇见了那天在弹琴的男生,自那以后,蓝玲很想认识他,

只是万万没想到他们的相遇竟是如此巧合。她也想不明白,为什么他会主动打招呼?毕竟彼此只是陌生人罢了。

"怎么了?你有没有听我说话?"张进奇怪地问正在发呆的蓝玲。

蓝玲迅速缓过神来:"啊,对……对不起,我……"

张进笑嘻嘻地点点头,然后重新介绍了一下自己:"我叫张进,你呢?"

"我……我叫……蓝玲。"蓝玲的声音明显有些颤抖。

张进从书包里取来事先准备好的磁带递给蓝玲:"我把弹奏时的曲子录了下来,送给你算是见面礼,也顺便听听我弹得怎么样,下次见面的时候告诉我。"

"啊?等……"还没等蓝玲反应过来,张进就迅速地转身跑开了,跑到拐角时还不忘回头向蓝玲挥手告别。

晚自习的时候,蓝玲的注意力时不时地从书本转移到磁带上。经过一阵内心挣扎,她终于忍不住停下笔,将磁带放入录音机倾听。柔情的

音符响起，是矶村由纪子的《风居住的街道》，相对于原来由钢琴和二胡相结合的版本，这首纯钢琴弹奏的曲子虽少了一丝优雅，却也温暖至极。

三天后，张进出现在蓝玲的班级。在许多惊讶的目光里，他大方随和地和四周的人打了招呼，然后径直走到蓝玲的座位上："怎么样？喜欢吗？"原本已翻开的书本在敦厚的声音中迅速合上，不要说那些议论纷纷的同学不相信，就算蓝玲自己对此也难以置信——张进居然又一次主动找上她来。

蓝玲愣住了，她原本见到他就很紧张，如今加上几个男生俏皮地吹着口哨，她的头埋得更深了，沉默着不敢言语。

张进好像看穿了什么似的，他低下头轻轻地在她耳边说了一句"放学后我在操场等你"，便转身走开了。

课间休息时，蓝玲跟叶小美讲述了最近所发生的一切。叶小美脑子一转，笑嘻嘻地说："小玲，这人可是你的贵人呀。"

"什么？贵人？"蓝玲有些不解。

叶小美进一步解释道："你和他有同样的兴趣爱好，或许他可以帮助你消除紧张感，况且你说他弹琴很厉害，你们也可以互相学习呀。"

蓝玲被叶小美这么一说，轻轻地点点头。

放学后，蓝玲来到操场，看着张进在树下等候的样子，内心有些不知所措。张进看见了蓝玲的身影，快步走了过来，嘴角露出好看的弧度："觉得我弹的《风居住的街道》如何？很烂吧？"

蓝玲摇着头，支支吾吾地说："不是的……很好……就是……"

"没有二胡的搭配，少了一丝优雅的情调，对吧？"张进抢过话语。

听了张进的话，蓝玲顿了一下，抬起头直视着他，原来他早就知道自己的问题，那为什么还要问我呢？稍微缓过神来，蓝玲才点头称是，嘴角也跟着微微扬起。这是张进第一次看到蓝玲的笑脸。他抓住此次机会，快速地从书包里取出一张宣传单递给蓝玲："校庆快到了，学校鼓励学生报名表演才艺节目,我希望你能和我合作弹奏一首曲子。"

看着宣传单,想着叶小美说过的话,蓝玲真想点头答应,可是想到自己的情况,内心又开始犹豫不决:如果和张进合作表演,那一定会连累他的。于是她摇摇头,微微叹了一声,说:"我很感谢你,可是我不行的,你找别人吧。"

"为什么呢?"

蓝玲没有回答张进的话,转身就跑,张进叫起她的名字时,她跑得更快,好像自己不知道该怎么回答这问题似的,只想着逃避。

如此一来,梦想又更遥远了,可是,还能怎么办呢?

四

"什么?你推掉了?这也太傻了吧。"叶小美的声音吸引了四周同学的目光,她重重地低下头,刻意压低了声音,"这是怎么回事呀你?"

蓝玲淡然地回答说:"推都推了,就不想了。"

叶小美微微叹了一口气,皱起的眉头显然是为蓝玲感到可惜:"唉,你呀,真是个笨蛋。"

蓝玲轻轻地耸了耸肩,什么也没有想。

可是张进仍不放弃,一放学便在她班级门口等候着,"你再考虑考虑,我真的很希望你能和我一起合作。"

站在一旁的叶小美再也看不下蓝玲的沉默,抢过话来替蓝玲答应了下来:"没问题,我替小玲答应你了。"蓝玲下意识地扯了扯叶小美的衣服,但叶小美显然没有理会,继续说:"小玲弹琴可是很厉害的,一定不会让你失望。"

张进笑着点头:"那我明天放学后就在音乐室里等你。"说着便转身

走人,蓝玲根本没有说"不"的机会。叶小美轻轻拍了拍蓝玲的肩膀,说:"没事的,明天我陪你去。"蓝玲无奈,只得先点头答应着。

当蓝玲来到音乐室的时候,张进已经弹奏完一首曲子了,他看见蓝玲时微笑着让她坐下,对他说:"今天是我们第一次排练,要加油哦。"

看着张进诚恳的样子,蓝玲安静地坐了下来,叶小美也跟着坐在一旁,给蓝玲摆了一个手势表示加油打气。

紧接着,两部钢琴在安静的教室里荡起了同一首曲子,可却能清晰分辨得出一部传来的旋律行云流水,一部传来的旋律断断续续。蓝玲不知道自己有多少个地方因紧张而失误了,每一次出现瑕疵的时候,张进总是笑笑,安慰着说没关系。

"我知道你是一个热爱弹琴的女孩,有着自己的梦想,我相信你一定行的。"这句话把蓝玲给说愣住了,她侧过脸目不转睛地望着张进,眼神里写满了"你怎么知道"这几个字。

张进笑笑,继续说:"你不知道其实你是一朵美丽的向日葵,只要拥有自信与笑容,阳光一定会照射着你。我们一起加油,一起笑着迎接属于我们的成功。"

蓝玲缓缓地点了点头,脸颊上微微绽开了恬淡的弧度,这是她第一次感到笑其实很简单。练习结束的时候,张进满意地点头:"你很棒,真的,相信你自己。"

回到家时,蓝玲重新打开录音机倾听张进弹奏的《风居住的街道》,耳边回响起张进说过的话,想着想着不禁笑了起来,梦想,又开始近了。

竞选表演节目那天,教室里坐着一排面色严肃的评委老师。一时间,蓝玲又开始紧张,手心冒着冷汗。张进轻轻地拍了拍她的肩膀,给了她一个鼓励。他先开了头,用娓娓动听的旋律引导着蓝玲,蓝玲弹得逐渐顺畅起来,只有一个小小的失误。

当琴声停止的时候,评委老师仍是一脸的严肃,其中一个说:"你们选的乐曲宛转悠扬,在弹奏的过程中淡然舒适,只可惜中间有一小部分瑕疵的地方。"听到这里,蓝玲的头低了下去,她暗暗自责自己的失误,如果因为这样失去了在校庆表演的机会,可就辜负了张进对自己的信任了。

停顿了一会儿,评委老师继续道:"但是,我们想继续倾听你们的弹奏,相信你们会在接下来的日子把那部分瑕疵纠正过来,期待你们校庆时候的表演。"

听到这样的话语,蓝玲猛地抬起头,绽开了欣喜若狂的笑容,她有些不敢相信自己的耳朵,可是四周热烈的掌声以及挂在张进和叶小美脸上的微笑却是如此的清晰与真实。那一刻,蓝玲的眼眸充溢着激动的泪水,滚烫烫地划过有些泛红的脸庞,滴落在手心里,一如划过长久以来的无奈。

叶小美也激动地跑了过来,紧紧地抱着蓝玲:"恭喜你小玲,恭喜。"

"谢谢,真的⋯⋯很感谢⋯⋯"

五

几天后,张进带着蓝玲来到了离学校不远的公园,他们在开满向日葵的角落里停住了脚,张进敞开胸膛开心地说:"你看看这些向日葵,它们在微风中自信地摇曳着,在阳光下绽放它们美丽的一面。你的笑容就像它们摇曳的身姿,只要一直笑下去,就一定会实现你的梦想。"

蓝玲笑着一个劲儿点头,视线里充斥着阳光的温暖。

校庆表演的那天,同样是张进先开了头引导着蓝玲,不同的是,这一次蓝玲顺利地接上,出色地完成了整首曲子,他们大获成功,迎来了同学们热烈的掌声和羡慕的目光。那一刻,蓝玲自信地抬起头,笑着从校长手中接过第一名的奖状,紧接着向场下的同学们挥手致谢。张进走到蓝玲

面前,说:"你弹得很好,真的,谢谢你。"说着,蓝玲的脸又微微红了起来。

从那以后,蓝玲的身边围着很多友好的朋友,她变得逐渐自信、开朗,无论是在弹琴还是学习上,都抱着淡定的心态努力,很快成绩便排上了年级的前五名,而她所弹奏的钢琴曲也比以前多了明朗优美的色彩。她感觉自己就像张进口中的向日葵,只要自信微笑,阳光就一定会灿烂地照射自己。

可是就在蓝玲兴高采烈准备了一首新学的曲子想要弹给张进听的时候,她却意外地得知一个消息。那天叶小美急匆匆地跑来说,张进因为父母工作的关系,不得不转学到外地读书。蓝玲一下子脸色暗淡了下来,她找到了张进,失落地问:"你要走了?"

张进挂着和往日一样的笑脸,对她说:"是的,没办法,不过你要好好加油,好好追求你的梦想。"

张进离开的那天,他特意送了一本相册集给蓝玲,然后挥手告别,看着张进离开的背影,蓝玲怀抱一种无法言说的感激,送上了迟迟未开口的祝福。

六

两个因为偶然而相遇相识的少年,仅留下了让彼此珍惜的琴声的回忆便匆匆散去。蓝玲抬头仰望阳光灿烂的蓝天,她深知在这片蓝天下她曾经失落、伤心,但如今却自信开朗,那一切的一切都将化作记忆沉淀在青春流淌的岁月里。

其实她一直很想问张进,为什么当初选的是她,并且对她是那么的信任。令她遗憾的是在还没有问出口时张进就已经离开了。直到后来,蓝玲翻开张进送的相册集,里面贴着一张张蓝玲在弹琴的照片,有紧张的,有羞涩的,有微笑的,有自信的。蓝玲不知道这些照片是什么时候拍的,在相册集的最后一页贴着一封信,上面印着淡蓝色工工整整的字体,字里行间写满了祝福和鼓励。

蓝玲目不转睛地盯着中间的一段字:其实那天我想要回头锁门的时候意外地看到了你在弹琴,你的琴声像一条清澈的河流,淡然而舒适。我就那样被深深地吸引住了,之后听说你弹琴一塌糊涂,我就明白其实你是因为紧张和缺乏自信,因为我曾经也有过那样的经历。

后来蓝玲也写了一封祝福的信,她不知道张进的地址,只把那一封信折叠成一只白色的纸飞机,然后轻轻地推开窗户,向着阳光的方向放飞了出去。看着纸飞机越飞越远的影子,她默念着:为了我的梦想,我会好好地加油的,你也要哦。

小狮

小狮是一只狗,一只白色的小狗,拥有一身雪白的毛,加之略显肥胖的身材,跑起路来像极了一个滚动滑行的小球。每当它靠在我的怀里俏皮地盯着我的时候,我总会在它那双水汪汪的眼珠子里看到陆琳

的影子。

我想，或许小狮也在想念陆琳吧？人们常说狗是人类最为忠心的朋友，它甚至会用生命去守护它的主人。

第一次看见它时，我问陆琳，它叫什么名字。

陆琳温柔地抚摸着它的脑袋，说："小狮，因为它是一只松狮犬，可爱至极。"

从那以后，我对松狮犬的定义便是，小小个头，一双水汪汪的眼睛，一身雪白的毛，累的时候它摇晃着尾巴，摇着摇着，便熟睡了过去。记忆中的小狮从小到大都是如此，即便是五年以后的今天，和同年龄的狗相比，它依旧是那小小个头，每次玩完之后便蹲在一旁摇尾，摇着摇着便睡着了。

陆琳说过，那是小狮与生俱来的习惯。我小心翼翼地将小狮抱进旅行包里，然后坐上公交车，起初它倒是安分地躺在包里，直到快到目的地的时候，它突然伸出了脑袋，四处张望。还好没有把人给吓倒，隔壁座位的小女孩还友好地伸出手抚摸着它的头，小女孩问："哥哥，你们这是要去哪呀？"

我笑笑，回答说："带它去公园玩。"

我们来到了树木公园，傍晚时刻的这里显得格外惬意，夕阳给周围的花草树木镀上金黄的色彩，下了班的上班族们手里还提着公文包，放学后的学生们背上还背着书包，他们在一天的忙碌之后俨然化身成诗人，来这里享受一天临近终结的洗礼。

我在桥边把小狮放了出来，桥岸上偶尔有一两个人经过，他们在嬉戏着拍照留念。小狮像是睡饱了觉的孩子，瞬间充满了活力，肥胖的身子在草地上打滚。

树木公园是我和陆琳以前经常来玩的地方，当然，这也是小狮成长的地方。倘若溪水里有鱼儿跳跃起来，小狮也会跟着跳跃，然后吠叫两声，没有丝毫的恶意，仅仅因为兴奋。如今，当我再次看到鱼儿跳出水面时，小狮再也没有跟着跳跃起来，它只是安静地蹲着，轻轻地叫了两声。

或许它自己也明白，它已经没有办法像从前那样肆无忌惮地玩耍了。事实就是这样，因为患有心脏病的缘故，无论是精神还是胃口，都没有从前那般好了。但它在我的面前，始终快乐得像一个不谙世事的孩子。

我问医生："它怎么样了？"

医生挺了挺鼻梁上的眼镜，郑重其事地告诉我："它患有心脏病，而且已经没有多长时间了。"

兽医的诊所和医院一样，柜子上摆放着各种药物，白色的墙壁上散发着浓浓的药水味道。我不知道当时小狮是听懂了我们的谈话还是发生了什么，它猛地站了起来，马不停蹄地跑了出去。我来不及接着询问，连忙追了过去，医生还在背后大声地说："狗是有灵性的动物，它和人类一样讨厌医院，它只想快快乐乐地活着……"

小狮自己跑回家去，回到我和陆琳为它搭建的小窝里张望着院子里的花朵。我不知道它究竟还有多长的命，但它如果没有跑回来，我也没有勇气去问，就像医生所说的，快快乐乐地活着，不就够了吗？

"记住，要快乐！"

这是陆琳离开前留给我和小狮的话，她说，每一个生命深处的灵魂都注定了要有所遗憾，但别怕，擦擦散落在我们头顶上的阴霾，简单快乐地生活下去，就足够了。

有时候，我真心觉得陆琳像一位通透的哲学家，看透了所有的人情世故，她所欠缺的仅仅是提一提笔，给后世留下千古名言，要不然，她的那些"真理"只会随风而逝。

事实上这样的话从陆琳嘴里喊出来一点儿也不觉得奇怪，她本身是一名文学爱好者，闲暇时就喜欢写作，据说她发表到网络上的小说点击量将破十万。我听过且过，从来都没有理会，我对小说没有任何兴趣。但如果陆琳没有文学这个偏文艺的爱好，以及那张清秀靓丽的脸蛋，说

不定某一天我会怀疑她其实是个大大咧咧的叛逆少年。

陆琳确确实实是这样的人，平日上课除了语文课，她都是将书本作为遮掩的工具，偷偷地沉迷在手机屏幕上的网络小说。班主任为此告诫过，一些热情的同学也好心劝解过，但她把这些通通当作耳边风，这边听着，那边已忘得一干二净。

陆琳一手搭在我的肩膀上，说："别人整天都那么多废话，还是你好，从来都没有对我上课看小说的事情发表意见。"

我挥手松开她的手，开玩笑说："因为我从来都不和废人说废话。"

因为这么一句简单的话，她整整追了我三条大街，她边追边喊："林凯，你给我站住，看姑奶奶我不把你扁一顿。"我转头，吐了吐舌头，心里直欢腾着。

记忆中，陆琳曾经像类似这样被她妈妈追了五条街。

那天周末，阳光暖暖地洒在这座喧哗的城市。我坐在奶茶店里喝着奶茶，四周坐着许多年轻的情侣，我有些不好意思地取出手机拨打了陆琳的号码，熟悉的旋律一直在手机内打转，却没有人接听。一个没听，接着打另一个过去，就这样，我听到店外传来的"小叮当"的铃声，那是陆琳最喜欢的一首曲子。我走出门外看，便看到了被追赶的陆琳，她妈妈一边追，一边喊："臭丫头，给我站住。"隐约之间，我看到了陆琳的怀里似乎抱着什么白色的东西。

陆琳气喘吁吁地坐下，大口大口地喝着饮料，回答说："我得罪了我妈。"

我问："什么事情那么严重？"

陆琳说："没什么，不就养一只小狗嘛！"

我说："你妈不肯？"

陆琳白了我一眼，继续说："废话。"

我说："那狗呢？"

陆琳说："已经抵达安全地带了，改天带你去见它。"

我轻轻地点了点头，接着喝奶茶。后来我才知道，为什么每次到树木公园，陆琳都会找借口走开，回来时，她手里的食物通通不见踪影。为此我还问过她，而她说饿了就吃掉了。原来事实的真相是陆琳在偶然间遇见了一只被主人遗弃的松狮犬，她看它可怜，于是悄悄地将它藏在树木公园的某个角落，每天定时定候给它送吃的。而她妈妈曾经有被狗咬过的经历，并且发誓谁在她面前提起狗，她就跟谁急。想想也是，连提到狗都不行，更何况是收养一只狗呢？

我假装生气，说："你那张嘴可真严，还真够朋友。"

陆琳说："因为当时还不是时候嘛。对了，幸好它平时很乖，没有乱吠乱叫的。"说着又白了我一眼，"不像你。"

听了之后，我心里直不屑，心想，才被追了五条街，算是便宜你了。

夕阳最后一缕光线在树叶的细缝间缓缓暗淡下去，我一点一点地目送行人远去的身影，喊了一声"小狮"的名字，然后伸了伸懒腰站起身。小狮倒是很听话，甚至它很自觉地跳到米色的旅行包里探出个脑袋。它那双眼睛依旧水汪汪的模样，依旧喜欢东张西望，似乎想从这个繁华的世界找到一处可以永久匿藏的回忆。

我摸了摸小狮的头，对它说："你知道吗？陆琳一直想让我发一张你的照片给她，但我死活不答应，我对她说，除非你回来见它一面。这也是你想的，对吧？"

小狮轻轻地叫了两声，算是回答。五年以来，我们一直是这种对话方式，说是对话，其实开口的只有我，它只是担任聆听者的角色，顶多就这样叫两声。

回家以后，它从我房间里叼着一张华威城堡图案的明信片放在我的面前。我懂它的意思，那是陆琳从英国寄过来的明信片，那一笔一画都是陆琳写给小狮的话语。事情是这样的，陆琳移民过后，我们有用 E-mail

保持联系,但陆琳说要给小狮看看这个世界,所以它寄来的明信片全都是给小狮的,而我负责念给它听。

小狮:

　你看上面的华威城堡多壮丽呀,如果有你在的话,我一定会带你去跑遍整座城堡。不知道你是不是又胖了?得减减肥哈。

陆琳

陆琳寄来的每一张明信片永远都是简单的几句话,小狮倒也听得专注。我笑笑,对小狮说:"她都不知道,其实你已经瘦了。"

是的,我从未在邮件里向陆琳提过有关小狮的病情,陆琳说过,要是小狮出什么事,她一定不会饶了我。我当然不是因为这个而害怕,我害怕的是,陆琳知道后比谁都伤心难过。我无法想象,她看到小狮消瘦的身子后的表情,说到底,陆琳始终是个女生,她心里边也存在柔弱的一面。

我想起第一次真正看见小狮的时候。陆琳带着我穿过树木公园的深处,一路上,我们走过了用青砖建成的休息厅,走过那条清澈的小溪,最后在一个被杂草遮掩的石堆里停下。那一刻我才知道,原来树木公园还真是挺大的。

陆琳推开杂草,我看见了一只小小的脑袋探了出来,全身毛茸茸的,眼神透着干净的味道,它的一只脚被绳子绑着,却没有丝毫想要挣脱的意思。显然,它看见陆琳像看见了故人般欣喜地跳着,直蹦到陆琳的怀里。

陆琳转过身对我说:"来给你的新主人问问好,他叫林凯,林凯的'林',林凯的'凯'。"

我笑着伸手摸摸它那柔软的身子,"小狮乖。"停了停,睁大瞳孔:"什么……新主人?"

陆琳笑笑:"是啊,要我送给你有点不舍得,不过没办法,就便宜你啦！"

我被吓退了几步，说："便宜我？我觉得还是让它继续留在这里比较好。"

陆琳瞬间变了脸色，狠狠地瞪着我，目光像极了一把利剑，随时都可以刺向我的心脏。无奈之下，我只好暂且答应了下来。是的，我不得不承认当初收养小狮并不是真心的，我害怕每天要花时间看护它，给它吃，带它四处溜达……我连自己都照顾不了，更别说是一只狗了。

我抱着小狮慢慢地走回家，在它不安分地挪动身子的时候，我突然感受到了这个小生命与生俱来的活力，我能想象它被原主人抛弃，依旧坚持活下去的那份信念。我想这也是陆琳想要收养她的原因吧，它长大后一定会和陆琳一样，大大咧咧的。

记忆中，我，陆琳，小狮，我们三个一起干过一件疯狂的事情，爬山。

我记得那个早上，晨曦的光线才刚刚穿过浅色的窗帘，直射到我的床前。那时候，我已准备好，一个装满零食的背包，一顶帽子，一身休闲的运动服，在整理这些东西的时候，小狮安静地蹲在一旁，只轻轻地晃着脑袋，有那么一刻，我感觉它比我要淡定得多。

我们约在学校门口等，见了陆琳的那一刻，小狮也飞奔了过去。陆琳同样穿着一身休闲运动服，那衣服把她的身材衬得恰到好处。我们来到了一座不知名的小山，目的地是山顶，我们要攀登至最高点领略"一览众山小"的磅礴气息。于是，沿着一条崎岖又狭窄的山路费力地往上走。因为是夏天，树梢上时常可以听见"知了"的蝉叫声，小狮似乎对这些声音特别敏感，每当这些声音传来的时候，它总是本能地停下脚步，露着舌头张望。一路上，我和陆琳叫了它好几次，它才拖着身子慢慢继续往前走。

等我们走到山腰的时候，天公不作美，淅淅沥沥的雨水从天空落了下来。陆琳撑开她事先准备好的雨伞，向我抛来一个得意的微笑，可就在这

时,她不小心踩到一块突兀的石头,继而滑倒了下去,在她滑倒的那一刻,我很清晰地听见了"咯吱"的声音,她扭伤了脚,面部显露出难受的神色。

我连忙走过去,看看她那双受伤的脚,有点擦伤的痕迹。

她说:"别碰,很痛的。"

我说:"你还知道痛呀?刚才还得意着。"

她说:"你,哼。"

雨越下越大,我让陆琳一只手撑伞,另一只手抱紧我的肩膀,而我小心翼翼地背起她,小狮则很听话地跟在我们身后。不一会儿,小狮的叫声让我们的视线注意到侧身的一个小山洞,我笑笑,下意识地加快了步伐,陆琳也下意识地搂得更紧。

我说:"真是天无绝人之路。"

陆琳不忘和我贫嘴,"切,是你傻人有傻福。"

那个小山洞和在一些古装电视剧里看到的差不多,四壁无人,杂草丛生,还有几根折断的树枝。天渐渐暗了下来,光线也只剩一些零零碎碎。我们在角落里坐下等雨停,陆琳把小狮颤抖的身体抱得紧紧的,可她不知道,她自身也在不停地颤抖。我没有带上一件外套,所以也没法给她们盖上取暖。

我说:"看这天,再看看你现在的情况,估计没法继续往上走了。"

陆琳突然间像个小女孩似的,说话的口气变得温柔,她说:"那怎么办?"

我笑笑,说:"要不就当作在这里露营,我们吃东西取暖?"

她瞬间恢复脸色:"好啊。"

我们就在山洞里吃零食,唱唱歌,讲讲故事,小狮在一旁乱跑乱跳。说累了,我们就彼此沉默地坐着。在那里,我发现陆琳的笑点有点低,那么一点冷笑话都可以把她逗乐。或许她心里有一种难言的寂寞吧,事实上在班级里除了我,她也没有几个真正意义上的好朋友了。

在一阵沉默过后，陆琳突然冒了一句让我惊讶的话，她说："林凯，难道你喜欢上我了？"

我内心咯噔了一下，脸立马红晕了起来，说话也支支吾吾的，"我……你……你乱说……什么？"

陆琳"扑哧"一声，说："开玩笑啦，哈哈。"

我别过脸去，说话依旧支支吾吾的："你……神经病，话能随便乱说的吗？"

她说："好啦，不好意思，下次不逗你了，真无趣！"

之后，我内心长长地舒了一口气，脑海闪过电视上一些偶像剧的情景。印象当中，一些偶像剧或者青春小说，那些年少情感的题材的作品，几乎都是大同小异，都有下雨、林荫道等等诸如此类的场景。

而我们的情况不也差不多吗？

雨直到那天下午才停，下山的路要比上山舒畅，但由于我背上还背着陆琳，没走多久便汗如雨下。陆琳拿出纸巾一边为我擦汗，一边唠叨着："你怎么那么多汗？有那么辛苦吗？"

我说："没事，下次你减减肥就没事了。"

她说："什么？还有下次？你是诅咒我下次又受伤是不？"

我说："没有，我不是这意思，就当我说错话。"

她说："我真有那么重吗？"

我说："没有，比猪轻多了。"

她狠狠地打了我一下，接着自个儿嘻嘻哈哈地笑了起来。不知道为什么，被打的肉有点疼，但内心却很开心。

回家以后，我们免不了受到父母的责备，我轻而易举地躲过母亲的巴掌，母亲恶狠狠地指着我，对我说："再有下次，你和这只狗一起滚出去。"

从那以后，我们再也没有爬过山，也因此，树木公园成了我们聚集玩耍最多的地方了。

小狮吃饱了饭,蹲在院子里目不转睛地看着繁星闪烁的夜空。我时常骗它说陆琳就在天上,要是我们不乖,她就不回来了。今夜的它精神抖擞的样子,只是它始终沉默着。

我知道小狮一定不会忘记陆琳离开的那个夜晚,她们一家一起移民到英国,至于回国之日,也许三五年后,也许永远都不回来。这是陆琳亲口对我说的。那天,我和小狮送她到机场,一路上,她一直背对着我们。

我笑着说:"怎么啦? 不开心呀?"

她笑笑,转过脸来:"没有啊,能去英国我怎么可能不开心。"说完,她又快速地别过脸去。

其实,她骗得了所有的人就是骗不了我,长久以来的相处,她早已被我看透了。她那费力挤出微笑的脸庞上分明晃过一丝泪光,晶莹却没有任何色彩。

机场上,她摸摸小狮的头,嘱咐着我要好好照顾小狮。在我来不及点头的时候,她忽然一个转身,把我搂得紧紧的,这一个没有预兆的拥抱,把我整个人给怔住了。我不知道给出怎样的回应。

五年来,我一直没有忘记那天她在我的耳旁轻轻说的一句话,她说:"我喜欢你。"

然后,她迅速地松开手,往后退了几步,补充说:"开玩笑罢了,再见啦,我的朋友。"

我不好意思地摸着后脑勺:"怎么又随便开玩笑了,无论如何,我们会等你回来的。"

她说:"要是我不回来呢?"

我说:"那我一定去英国看你。"

她说:"没问题,到时候免费当你的导游。"

我们就这样挥手告别,走出机场的时候,我在路边抱起小狮,指着在夜空中起飞的飞机,我说:"看吧,陆琳走了,我们要开开心心。"

小狮很配合地叫了一声,我相信陆琳一定会选择在窗口旁的座位坐下,然后俯视这个她成长的城市,俯视我们一起走过的路,爬过的山,然后偷偷地抹着眼泪。但是陆琳,我想告诉你,在你哭过之后一定迅速恢复那个阳光的你,其他的都不重要。

陆琳走后,小狮终日闷闷不乐的样子。母亲说狗最喜欢玩球,让我去买个小球来给它玩。我到文具店里买了几个网球,为了给它一个惊喜,我将小球从二楼的阳台上扔向院子,它看见了撒腿追向那个弹来弹去的小球,很是兴奋。

在陆琳寄来第一张明信片的时候,小狮失踪过。唯一看到那一幕的邻居阿姨说,它在小巷里溜达的时候被一个头戴鸭舌帽的陌生男子给抱走了,她追上去的时候,那名男子快得像一阵风,消失在拐角处。

那几天,我找遍了城市的各个角落,我怀疑它会被卖到宠物店里,于是天天往那几间宠物店里跑,期待着它会出现在店里,然后我又可以将它买回来。但是一个星期下来,始终不见它的踪影,回复陆琳邮件的时候,我也对小狮失踪一事只字不提。

直到第二个星期的晚上,我坐在门口望着天空发呆。陆琳走了,小狮也丢了,我的生活还剩什么?恍惚之间,我将那颗小球狠狠地扔向小巷,我看着它慢慢地远离我的视线……

我万万没有想到,将那颗球带回来的会是小狮。我不知道是什么让它从小偷的手里逃脱出来,并且认得回家的路,我只知道它回来了。我紧紧地抱着它,生怕它再一次从我的身边消失一般,它瘦了,还在不停地喘气。

也是后来才知道,它回来,同时带回了这个病。

收到陆琳的邮件,只有短短的三个字,想你了。

我以为陆琳又一次拿我开玩笑,于是快速地回复她,有本事回来看我们啊,虽然说我们不怎么想你,哈哈。然后,关了电脑,上床睡觉。

我很庆幸我已经高考完,高考的结束意味着生活的解放,那些压抑

了我们整整三年的课本和试卷,被很多人撕扯成细碎的纸张。在一片喧哗声中,碎纸被抛向了窗外,随风而散。但他们不清楚在这个将近三个月的假期里,对我来说还意味着要陪一只狗走完剩下不多的路。

除了带小狮去树木公园外,我还带了它去放风筝,甚至还大胆地去爬那座我们还未爬完的山。这一次,我们很顺利地抵达了山顶。小狮兴奋地叫了几声,然后盯着天看。我恍然大悟,站在山顶反而离天近了,小狮一定是以为就离陆琳近了。

我摸摸它的头,说:"想陆琳了?"

它看着我,没有出声。

小狮似乎很喜欢这里,我们站在这里就像站在一片绿草茵茵的原野上,树叶"沙沙"作响的声音好似美妙的旋律,吹进心海。我们沐浴着阳光,清新而温暖。

两个月后,小狮安详地睡去,再也没有起来。我看到了它那僵硬的身体里还抱着那颗小球,那一刻,我便知道它去得很快乐,也许唯一的牵挂是,它再也没有机会见到陆琳了。

我想起之前给陆琳回复的邮件,进入邮箱发现没有一封未读的邮件,甚至连广告也没有。

我给陆琳发了邮件,在吗?有件事要和你说的,看到请回复我。

第二天又给她发了邮件,告诉你吧,小狮走了,收到的话回复下我。

第三天继续,我知道你一定很难过,你一定会怨我没有照顾好它,我不敢请求你的原谅,但是我不想你不开心,看到的话回复我吧。

…………

我有些急坏了,陆琳没了消息,好似她从来都没有在这个世界出现过一般。我每天都会上网留意邮箱,闲暇时,我一边放着音乐,一边整理房间,我将陆琳寄来的明信片小心翼翼地装进一个精品盒,放进抽屉里珍藏着。原来,我自从照顾小狮之后也懂得照顾自己了,连那张旧书桌都被我擦得闪闪发亮。

偶然的一次让我在街上碰见了陆琳的母亲，她依旧高高瘦瘦的样子。她告诉我，这次回来探亲，顺便把陆琳也带回来。

我问她："陆琳在哪？"

她脸上划过一丝忧愁，沉默了良久才回答："她走了，是心脏病……"

脑海忽闪而过的是那次陆琳追了我三条街的情景，那时候她在拐角处停下，双手紧张地护着自己的胸口，累得气喘吁吁，脸色也瞬间发白。

我跑过去，问她："你怎么了？"

她喘着粗气，慢悠悠地解释："我早上到现在都没吃过东西，所以……"

那时，她还不知道自己有这个病，当被查出的时候，她的父母琢磨着要送她去英国治病，而她出奇的冷静，淡淡地说："要不就直接移民去英国吧。"

陆琳，小狮，她们的离开竟是同一种病。

关于陆琳的最后一封邮件，明明也就三个字，但我却喜欢一次又一次地打开来看，然后回忆起和陆琳的一点一滴，当然，还有小狮。那时候，这个城市的大街小巷总有我们三个的脚印，我在前面跑，陆琳和小狮在后面追，阳光下，是一道影子。

陆琳，现在的你是不是已经和小狮久别重逢？我想你见到小狮消瘦的样子一定会紧紧抱着它，在它的头上温柔地亲上一口，然后心里边在骂我没有好好照顾它。

陆琳你知道吗？其实我也想你了。

或许多少年后，我在重新翻看你的明信片时，会记得年少的自己曾经偷偷地在那上面留下一句，一直不敢言语的话语：其实我也喜欢你。

不是开玩笑的。

小叶二三事

一

午休的铃声按时响起，我们拖着疲惫的身躯，慵懒地趴在自己课桌上休息。头顶上的电风扇吹出来的风还是热乎乎的，教室里的气氛显得很沉闷。可这些仅仅维持了片刻，就被一首"别有风味"的歌曲打破了——五音不全的嗓音考验着我们的耐心，加之自行编改的歌词，我们"享受"了从未有过的"耳福"。

终于，有同学忍不住起身抗议："拜托啦小叶大人，您就别再唱啦！"

小叶一听，立马侧过脸去，目光中带有一丝"杀气"。他愤愤不平道："你懂什么？这么好听的歌曲我不是任何时候都会唱的。你居然还不懂得珍惜！"

此时，另一个同学也忍不住说道："就是因为'太好听'了，我们怕听多了会腻，所以才叫你收着点儿。"

小叶又一次侧过脸去："什么什么？小毛孩你一边去！"

紧接着，第三个、第四个、第五个……越来越多的同学起哄，嘴里一直重复着一个简单的词语——"什么"。

"什么……"

…………

随着的口水战争越发激烈，空气反而不再那么沉闷了。

到了最后，大家开始哈哈大笑。

没错，这位被我们所"唾骂"的"歌手"便是小叶。

记得小叶刚转学过来时，他给人留下的印象是：一个眉毛粗长、身材魁梧、肤色黝黑的男生。他还有张瓜子脸，脸上总挂着憨厚的笑容。除了这些，最让人忍俊不禁的是他那双与他身材成反比的小眼睛——倘若你不熟悉他，你便会怀疑他是否真的睁开了眼睛。

刚来的那天，他站在讲台上神色淡然地环顾四周，散漫的动作像极了一个视线模糊的老人在搜寻着什么。片刻之后，他站直身子，咧开了嘴，说："大家好，我叫叶连根。"

顿时教室里笑声四起，因为他那么一笑，原本已经很小的眼睛几乎看不见。

他继续说："'叶'是叶连根的'叶'，'连'是叶连根的'连'，'根'是叶连根的'根'。"说完，还自己笑了两声。

话语刚落，便有个同学举手问道："请问，你可以睁开眼睛吗？"

小叶顿了一下，回答："我一直睁着呀！"

这下子，全班的笑声更响亮了。

这小子，说得好听一点就叫"憨厚"，说得难听些就是"傻头傻脑"。但我想，或许"傻头傻脑"这几个字用在他身上显得更贴切些。

而小眼睛也成了他得到"小叶"这一外号的原因。

二

自从小叶来到我们班后,给我们班带来了轻松愉快的气息。

课堂上不再像往常那么沉闷,时不时会充满笑声。原因很简单,就因为老师看他是新来的,照顾他,时常向他提问。可不提问还好,一提问他就要闹笑话。比如有一次,语文老师叫他起来解释一下"从长计议"这个成语。只见他晃头晃脑地站起来,皱起眉头,看似在思考着问题,过了好一会儿,露出自信满满的表情,答道:"从长的那一条开始计算。"这一回答自然惹来了不少笑声。语文老师拍打着讲台,示意大家安静下来,之后跟他解释道:"'从长计议'的意思是指做事不急于做出决定,多花些时间慢慢商量。"等老师解释完后,他恍然大悟,然后却又故意冒出一句:"那短的那条怎么办?"这一句让每个同学都笑弯了腰。语文老师则有些恼羞成怒:"就像你的脑袋一样,短路了就短路了,计算了也没用!"说完,语文老师自己也跟着同学们一起笑了。那一堂课带来的欢乐持续到放学后还迟迟未散去。

其实小叶岂止在课堂上闹笑话啊!课间休息时,他总喜欢在别人闲聊的时候左一句右一句地插上些幽默的话语,或者无伤大雅地捉弄别人一下,总之,他就是喜欢凑热闹。

有一次,不记得是哪个同学取笑他,说:"其实我早就很想问你了,你的眼睛怎么这么小?"只见他假装一副"火冒三丈"的表情,随手从书包里取出一个黑色边框的放大镜,紧紧贴着自己的一只眼睛,转身问旁边一位正在喝水的女生:"我的眼睛真的有那么小吗?"结果,那女生一口水喷在他脸上。

事后那女孩一脸尴尬地向他道歉。

他拍了拍胸口,说:"没事。大人有大量的我怎么会生气呢?"

那女生点点头，然后露出一副严肃的表情，郑重其事地教育他说："我觉得你这人挺幽默的，但以后要注意一点儿。如果看到别人在喝水，你千万别上去凑热闹，免得自己受害。"

他笑着答道："知道了。见过鬼还不怕黑？"

或许，他真的"不怕黑"。因为才过了几天，他又重蹈覆辙了。

那天在走廊上，他看见几个女生正议论着什么，便好奇地走过去。他听到了其中一个女生说："你们看，一班的班长长得可真帅！"他立马条件反射地凑上去，说："有我帅吗？"结果，又被他身旁正在喝水的女生给喷了一脸水，而且依旧是之前喷水在他脸上的那个女生。此后，那女生只要远远地看见他，就马上盖上瓶盖，不敢喝水，和他擦肩而过的时候，也总是捂着嘴偷笑。

虽然他已经十八岁了，长得也高大，但是他一而再再而三地耍宝，让我们觉得他就像一个大小孩——既有憨豆先生的傻气与可爱，还继承了阿Q精神，遇到什么挫折都会运用"精神胜利法"来安慰自己。

我们从他身上虽然看到了许多缺点，但同时也看到了许多优点。他在我们班的人缘很好。

三

当然，小叶也有认真的时候。

他热爱体育。上体育课的时候他就不像往常那样嬉闹了，而是专注地看着老师的每一个示范动作。每一次跑步他都不甘落后，仿佛变了一个人似的，一个劲地往前跑。

一次上体育课，老师郑重其事告诉我们，学校要举办一次运动会。老师的意思很明了，就是要在这节课上测试跑步，成绩不错的同学就代

表班级去参加校运会。那时候,我们每个人的目光都投向了小叶。

被这么多突如其来的目光注视,小叶有些不好意思地摸着后脑勺,说:"知道了……我不会让大家失望的!"

小叶的测试结果果然不负众望——他在同学们的喝彩声中第一个冲向了终点。看着老师满意的表情,小叶也露出欣喜的笑容。

从那天起,他每天都在备战校运会。早读课还没开始,他就先去操场跑上几圈;放学后,他还会去操场跑上几圈。看着他有如此干劲,我们打心底里为他加油,也相信他不会让我们失望。

可惜,人算不如天算。

校运会那天,我们为他准备了面包和水。他兴奋得像个孩子一样蹦蹦跳跳,一边啃着面包一边信誓旦旦地说要为班级争光。班长拍了拍他的肩膀,示意他加油。他乐呵呵地拍打自己的胸口,说:"别担心,跑步是我的强项,我一定会赢的!"

比赛开始了,我们的啦啦队在他身后起舞、喝彩。临跑前,他自信地转身,向我们竖起拇指。随着一声哨响,每个参赛选手都像装上了马达一样,飞快地奔跑起来。很快,比赛就迎来了高潮。操场上坐着的观众也纷纷起身喝彩。

我们看到了小叶,他跑在前头。

我们异常兴奋,一直疯狂地呐喊着:"加油!加油!加油!……唉——"

喊了不到几句,我们就泄气了。没错,小叶刚开始确实跑在前头,可当他跑了还不到一半的赛程时,他因肚子痛停了下来。最后的结果,就不用说了。

他低着头,缓步走回我们的队列。我们没有责怪他,也没有取笑他,只是沉默不语。我们知道他花了不少精力和时间来准备这场比赛。现在"战败"了,他的心情肯定比我们更加失落了。或许这就是天意弄人吧！老师走过来,拍拍他的肩膀,笑着安慰他:"没事的,这次失败了就等下次。我们也看到了你的努力。"

他的眼中掠过一丝落寞,但他很快就收起了那份失落,笑着抬起头,说:"没事！我可是阿 Q 啊,下次赢回来！"

听了这句话,我们放下了原本压抑的心情,啦啦队又一次喝起彩来。

"一,二,三,"大家一起喊着,"小叶,加油！"

四

不得不提的是,小叶是个乐于助人、爱打抱不平的人。

有一次放学,他和几个同学像往常一样去自行车棚取自行车。刚到那儿,大家就看见了几个高三的学生正围着一个高一的学弟。只见那个学弟害怕得双手抱着自己的自行车,一直摇头。走近了才知道原来那几个高三的学生看他长得瘦小,想要"借用"他的车子来娱乐一番。

小叶知道了原委,咬牙切齿地说:"岂有此理！光天化日之下,居然有人抢车? 欺负人！"

他刚想走过去,就被身旁的几个同学给拉住了。

"千万别惹他们,要不然就麻烦啦！"

"他们人多势众,难道你想找打吗?"

"我看你还是少管闲事的好。"

…………

几个同学叽叽喳喳地说,小叶不听,反而更加生气了。他愤怒的表情中闪过一丝失望。"你们几个,看到别人受欺负还默不作声。老师不是常教我们要见义勇为吗? 要是你们害怕就走开吧,我也没说要你们帮忙！"说着便转身冲过去,和那些高年级学生理论还扭打了起来。幸好

碰巧路过的校长看到了这一幕。

自然，参与打架的几个学生都被带进了办公室，受到了批评。

还没等小叶开口，班主任便狠狠地责备道："你知不知道自己是个学生？平时不好好用功学习就算了，还打架斗殴……"

等班主任长篇大论地训完后，小叶才解释道："是他们几个欺负高一的学弟，我才上去帮忙的。"

班主任瞄向站在一旁的高一学生，问："真的是这样吗？"

那位学生紧张地抓着自己的衣角，抿紧嘴，轻轻地点了点头。

这时，班主任降低了语调，对小叶说："是老师错怪你了。"

小叶摇摇头，笑笑，说："没事。老师这么说我会过意不去的。而且我确实打了架，也是应该接受批评。"

第二天，那个被欺负的学生带着自己的父母来到了我们班，真诚地感谢小叶的帮助，弄得小叶很不好意思。离开时，他父母还对班主任说："你们班出了一个打抱不平的好学生！"班主任笑着点点头。

上课的时候，班主任站在讲台上表扬了小叶，同时也告诫我们遇事要冷静处理。小叶在全班雷鸣般的掌声中红了脸。

五

日子一天天过下去，我们班的学习成绩明显上去了。这与老师爱向小叶提问是分不开的，因为小叶经常错答而被纠正。当老师纠正他错误的时候，那些知识点连同笑声一起深深地印在了我们的脑海中。

可是，临近期末考的时候，我们越来越无法集中精力听讲了。

我们听到了一个让人伤心的消息，那就是小叶因为父母工作的关系，在期末考结束后又要转学了。在离开之前，小叶耐心地安慰着我们每一个人,说人离心不离,会永远记住我们。即使他这样说,我们大家还是有些不舍和难过。在他面前,我们总表现得很开心,也希望能在剩下的日子里和他一起努力拼搏。

期末考试的前一天,小叶的桌子前聚满了同学。

"小叶,你还是不要走,好吗?"

"小叶,你走了,我会不习惯的。"

"小叶,要不你和你父母商量商量,让你留下?"

"小叶,我们真的舍不得你走。"

…………

同学们的不舍让乐观的小叶眼泪哗哗。其实,他同样也舍不得大家。但没办法,他要离开已经是不可改变的事实。他尽力控制着自己的情绪,笑着说:"我离开后,你们都要好好学习。我相信我们会有相聚的一天。到时候,你们可要一个个地来告诉我,你们的梦想实现了没有! 哈哈! "

我们也笑着点点头。

当最后一科考完的时候,小叶的桌子上堆满了大大小小的礼物。小叶有些尴尬地摸着头,笑道:"你们给我送这么多礼物,让我怎么好意思接受呢?"

班长拍了一下他的肩膀,叹了一口气,说:"送你这么多礼物,就是要你记住我们呀! 免得你某天找个借口说忘了我们! "

小叶摇摇头,说:"不会的,谢谢大家! "

走的时候,由于礼物太多,我们决定帮他搬到校门口。到了那儿,我们看到小叶的父母早已停下车,站在路边等他了。我们帮他把礼物搬上车。面对这么多礼物,他的父母都有些不好意思了,忙向我们点头致谢。

很快,礼物搬完了,小叶也上了车。隔着车窗,我们不停地向他挥手告别。看着他坐的车越开越远,直到消失在拐角处,我们才慢慢走开。我们就这样依依不舍地告别了小叶。我们都知道,其实小叶并不傻,他

就是乐观,在他心里有着一道别人没有的阳光。

新学期开始了,小叶的座位还留在那里,而我们却再也看不到他的身影了。每当无聊时,转头看看那个空荡荡的座位,我们总会想起他。每当想起他的那些乐事,我们总会不由自主地捂着嘴偷笑。

那天阳光灿烂,我们班收到了一个包裹,是小叶寄来的,上面写着"给每个难忘的同学"。打开来看,发现里面有三十张明信片,正好可以分给我们全班三十个同学。每张明信片的背面各写着一段祝福的话,对了,还贴着小叶的照片。我们笑了,因为我们看到了照片里的小叶:眉毛粗长,身材魁梧,皮肤黝黑,瓜子脸上带着憨厚的笑容……自然,还看到了他那双与他身材成反比的小眼睛。

我们看着照片里的小叶,一如初见。

遗失的波板糖

五岁,他丢失了她的波板糖

小米和刘海是邻居,同龄,说得好听一些就是青梅竹马的关系。但妈妈总是让小米喊刘海"哥哥",每一次小米都是鼓着嘴说:"可我们岁数一样大啊。"妈妈笑笑："刘海哥哥比你大半岁,而且人家什么都比你强,你要多向他学习。"

简短的争执过后,所有的一切恢复往常,仿佛什么都没有发生过,她见到刘海依然不会喊他"哥哥",甚至摆着"大姐大"的架子叫刘海走路要走在她身后。

刘海学习好,心地善良,小米的各种行为在他眼中都是小孩子般的幼稚,但他不会反驳,每次他都点头答应,慢慢地尾随于她身后。

那个下午,小米和刘海在草地上玩耍,累的时候,小米从口袋里取出早已准备好的波板糖,她准备拆开时注意到刘海尴尬的表情,大大咧咧地说:"你也饿了吧,好吧,算我请你,你要什么我这就给你买,但不能是波板糖。"

刘海皱了皱眉:"为什么啊?"

小米双手叉腰:"没有为什么,这是命令,弟弟就应该听姐姐的话。"

刘海笑着点点头,随便说了一声"泡泡糖"。小米让刘海帮忙拿着波板糖,自己转身撒腿往小食店的位置跑去。

刘海把波板糖放在一旁的草地上,自己安静地躺下,闭目养神。

随着一阵匆匆的脚步声,刘海睁大眼睛,发现一只金毛犬迅速地从身旁跑过,嘴里还叼着小米的波板糖。那一刻,他乱了阵脚,站起身跌跌撞撞地追过去。

但矮小的刘海赶不上金毛犬的速度,等他回到草地时,小米已经在那儿等待了。

小米将泡泡糖递到刘海面前:"给你的,顺便还我波板糖。"

刘海沉默了片刻,支支吾吾才说了一句:"波板糖……我弄丢了。"

小米睁大了眼睛盯了刘海许久,眼角的泪水溢出,"哇"的一声躺在草地上大哭起来。刘海乱了方寸,忙着安慰,但什么话语都没有效果。

小米抽了抽鼻子,大声怒喊:"刘海,我讨厌你。"

十四岁，她第一次赢过他

十四岁时，他们两个人都已经上初中。刘海以优异的成绩考进第一中学，而小米则是恰好过了分数线，进来时名次已经是垫底的位置。

妈妈语重心长地唠叨着机械般的话语："你要多向刘海哥哥学习。"

多年来，妈妈像是一台复读机，循环播放着同样的话语。但她习以为常，一屁股坐上沙发看起电视来，让她开始发奋图强的还是刘海。

刘海破天荒地跷起二郎腿，昂着脑袋说："小妹，今天又看了哪部电视剧了？"

小米眨了眨眼，用异样的目光打量了一下"异常"的刘海，愣了好一会儿才反应过来："喂，谁是你小妹，做你姐还差不多。"

刘海嘲笑道："那就要看你哪一点能配得上当我姐了。"

小米想起了小时候妈妈说过的话"人家什么都比你强，你要多向他学习"，想想自己的现状，貌似还没有哪一点可以值得他学习的，弱弱地低头后又迅速地抬头："看着吧，这次期中考成绩肯定比你高，到时候记得叫我一声姐就行了。"

刘海嘴角露出不屑的笑容，点了点头。

小米说完这句话后就开始后悔了，刘海可是年级的尖子生，全年级排名最低也能到第五名的位置，想想自己，名次都是惨不忍睹的三位数，三位数和一位数的差距，怎么比呢？

但是话到嘴边了，倔强的小米当然不能往后退了。她硬着头皮去向班级第一的优秀生唐叶请教，唐叶的实力和刘海不相上下，这是她最值得膜拜的对象了。

万万没有想到唐叶答应了，并且很耐心地为小米复习功课，她会找来许多重难点的题目给小米练习,她告诉小米,学习累的时候就听听音乐放松,过后又能打起精神投入学习中。所以每个晚上,小米都很努力地执笔奋斗,累了就打开电脑听音乐。

期中考试的时候,小米欣喜地发现许多题目都和唐叶给自己练习的相似,不过是变换了形式罢了。皇天不负有心人,月考成绩出来,小米一下子飙到了年级第十,更加惊讶的是,刘海的成绩是年级第十一,他退步了,但这已没什么关系,重要的是,她终于赢过刘海一次了。

这次,小米跷着二郎腿,昂着脑袋:"咳咳,那谁谁谁,认输了没?"

刘海微笑着点点头:"行了,姐,我认输了。"

十五岁,他离开了家乡

刘海一直心甘情愿地担任小米"弟弟"的角色,他不介意在她逛街时替她背大袋的东西,哪怕路上遇见了熟人,熟人嘲笑,他也跟着笑,说:"我替我姐拿东西有问题吗?"他知道她不吃早饭就上学,因为她喜欢睡懒觉,于是常常就给她准备好,路上边走边吃……

小米渐渐习惯了这个"弟弟"为她做的一切,直到后来,刘海说:"我们要移民了,去英国。"

那一刻,空气中夹杂着淡淡的忧愁,小米突然发现,生活中少了刘海她会觉得寂寞。但她没有表现出来,淡淡地说:"那什么时候走啊?"

"暑假,考完试就走。"

那是中考,决定能否进入重点高中的一次关键。刘海将自己所有的学习时间都留给了小米,为她解答重难点。中考结束后,还没等成绩出来,刘海便踏上了离开故乡的飞机,飞往大洋的彼岸。

小米送机的时候拍了拍刘海的肩膀:"以后没有姐的关照,要好好照

顾自己。"

刘海咧着嘴，像个孩子一样点头答应。

从那以后，他们再也不能看同时间的日出日落了。

十六岁，她自己弄丢了波板糖

上高中的小米已经学会骑自行车了，也已经学会早起吃早饭。但她多了一个习惯，每逢出门或者回家，她都会到隔壁的空房子门前站一小会儿，希望着哪一天，房子的主人回家。

偶尔，刘海会看准时间给小米打个电话，他们会聊聊彼此现今的生活，刘海会提到英国的伦敦塔、白金汉宫、圣詹姆斯公园等名胜风景，他说有机会会带她过来旅游。

小米说："没有你在旁边指导，我的成绩都退步了。"

刘海说："要不我们再比比，下一次通电话都晒晒彼此的成绩单，看谁厉害？"

小米撇着嘴："你不觉得有点无聊吗？"

刘海笑笑："不会啊，因为我想拿回'哥哥'的身份。"

小米来了兴致："谁怕谁，姐姐我肯定蝉联。"

不过这次，小米没把它当回事，想着反正现在见不着面，到时候随便报个分数不就得了，挂完电话，一溜烟儿地跑出门去。路过小吃街的时候，她看见了专卖糖果的摊位，小小的彩色糖果，像极了水中的涟漪，一圈一圈地散开。她想起了小时候被刘海弄丢的波板糖，是用辛苦存下来的零花钱买的。

想到这里，她就笑了，迅速掏钱买下一支。

她没有马上拆开来吃，拿在手中摇晃着，像个孩子一样蹦蹦跳跳。

然而，小吃街里的人群越来越多，也越来越拥挤，原本已经放进口袋的波板糖却在人群散去后不翼而飞了。她慌乱了脚步，埋头寻找，但任何蛛丝马迹也没有找到，最后，连卖糖果的摊主也不见踪影。

一时间，她眉头一紧，有想哭的感觉。

在电话里头，小米说："还记得那支波板糖吗？"

刘海沉默了一会儿，回答："想起来了，怎么了？你还在怪我啊？"

小米摇摇头："不是，今天我重新买了一支，但这次被我自己弄丢了。"

"没事，下次再买吧。"

小米想了想，说："下次你买，那是你欠我的。"

十八岁，他回来了

在听到消息的时候，小米有些反应不过来。

耳朵里还回响着妈妈的话语，妈妈说，刘海住院了，因为车祸，据说他急匆匆地跑到马路对面，一辆车就那样划过他的身子。

小米带着一张忧心忡忡的脸，嘴上倔强地说："我要去英国，去看他。"

那个时候，距离高考只剩下两个星期的时间，妈妈始终不允许，务必要等到高考结束。无奈的小米只好乖乖地待在房间里，书桌上是堆叠如山的试卷，但她一点儿心思也没有。

——下一次通电话都晒晒彼此的成绩单，看谁厉害。

脑子闪过刘海的话语，她沉默了一会儿，还是摊开书本。

高考的考场设立在校本部，这个时候，学校聚集了许多外校的学生。小米意外地和许久未见的唐叶巧遇在同一个考场上。

唐叶笑笑:"刘海现在还好吗?还让你这个姐姐不?"

小米疑惑地皱了皱眉,听不懂唐叶的话。唐叶解释说:"那时候你们不是打赌吗?其实刘海早就来求我,让我给你指导指导的,最后的那次考试,他还特意放水了……"

小米呆住了,全然没有发现。其实她早就应该知道,刘海的成绩怎么可能一下子滑落那么多名次呢?这个笨蛋。

考试结束的时候,小米拖着疲惫的身躯离开考场。校门外依旧人山人海,道路的一旁是响不停的汽车鸣笛声,和人群的喧哗声。

"考得怎么样?我的好姐姐。"

小米猛地抬起头,挂着拐杖的刘海正站在她身旁,笑容可掬,仿佛什么事情都没有发生过,他还是完好的一个人。

刘海晃了晃手中的波板糖,阳光下,彩色的波板糖泛着刺眼的微光。

那一刻,小米落泪了,刘海就像那颗遗失的波板糖,重新回到自己的身边。也是后来才知道,那天,刘海是因为看见了马路对面的波板糖才发生了车祸。

这个笨蛋。

"什么?"刘海有些听不清楚小米的话。

小米抽了抽鼻子,擦了擦泪水:"我说,你赢啦,笨蛋哥哥。"

第二辑

散落在记忆里的时光碎片

风是年少的故乡

闲暇的时光里，我喜欢独自徘徊在寂静的街道上。

一眼纵览四周，天空有它的湛蓝，白云有它的淡白，湖水有它的碧绿，泥土有它的灰黄……我看见了许许多多五颜六色的景物，装饰着这个世界的美好。而风是没有颜色也没有味道的，它像字典里某个简单的词汇，比天清澈，比水透明，让你无时无刻不在遐想它的身影。那些躲藏在风里的故事，化作记忆的片段，充斥着年幼的心灵。

微风在绿叶上轻轻弹唱，宛如黑白琴键上敲击的音符。那些高挂在蓝天上的风筝承载着稀稀疏疏的光线，等待着挣脱细线的时刻，飘往明朗的花季。树叶婆娑，玉兰花开，在某个夏日午后，我们仿佛又回到了那个天真无邪的童年，躺在父母温暖的怀里，轻数着被我们踏过的痕迹。

回想起那一段追逐风的岁月，才欣喜地发觉小时候的伙伴是如此珍贵。闷热的夏季里，谁不想歇息在凉爽的树荫下呢？但年幼的我们更喜欢聚在一起玩乐。那时候周一刚开始，我们便祈求上天让周末快快到来，那样就可以离开禁锢着我们的幼儿园。而到了周末，我们便背着父母，偷偷跑到宽阔的野外。那时候还没有美轮美奂的高楼,四处是低矮的房屋,房屋外杂草丛生,青蛙、蛐蛐、草蜢总躲藏在杂草堆里清唱……行走在这里,总有一份亲切祥和的感动。

我们就是在这样的野外放风筝,一人负责高举风筝,另一人则手里牵着线绳,在数过"一二三"后,举风筝的人将风筝狠狠地抛向天空,持着细线的人开始大步奔跑,试图让风筝随风飞起。然而,笨拙的我们时常受挫,风筝飞起了,又坠落了,那风筝总是在半空中旋转着打着圆圈。我们大笑,笑话彼此的笨拙,然后拾起地上的风筝,轻轻拍掉上面的灰尘,重新放飞。

一次次的失败,一次次重新开始。终于,风筝因为我们的坚持而感动,它飞起来了,在那个渐渐缩小的影子里,它像极了一片轻盈的羽毛,乘风而上。与此同时,我们快乐地奔跑,牵着飞起的风筝开始追逐风。有那么一刻,春天不再是单纯的春天,我们是奔跑在一个明朗的季节里。看着风筝淡然地飘在空中,我们感觉到自己驾驭了风,风在我们的手中似乎成了一只安静的宠物,随意让我们散发阳光下的朝气与活力。停下脚步时,我们的风筝也因为风而定格在某一位置,慢慢化作一朵蓝天上飘浮的云朵,为这世界衬一份繁华。

后来,童年的玩伴各奔东西,那段追逐风的岁月也随之飘散。每当独自走在大街上,我往往想到的就是寂寞。我曾试过把四周的风景拿来遮掩这个孤寂的字样。然而,我没有多少思力和文力去书写寂寞里的"喧哗",即使在阳光充裕的地方,也始终找不到一个人影让我填补生命中那一行空白。

直到现在,我依然记得自己斜靠在树下等待风的日子。树上羽翼未丰的雏鸟"叽叽"的叫声清脆得如同纯净的泉水淙淙流过,温暖心窝。近处,那些高大的榕树上结满红色的果实,像一串串色泽温润的珍珠,被风一吹,摇摇欲坠。爷爷蹑手蹑脚地走来,问我在做什么。我笑笑,回答

说乘凉。爷爷也跟着笑，说，来教你下棋吧。然后便从身后掏出早已准备好的纸做的棋盘和一个装满棋子的袋子，在树下摊开。很多时候，我就是这样边陪着爷爷下棋，边享受轻柔的风带来的喜悦。

年少时，我还喜欢在窗边抱枕而眠。在四周安静的氛围里，可以感受到微风过往的足迹。树叶在风中摇曳着婆娑的舞姿，自己的影子在阳光下不知疲惫地欢呼着、跳跃着。躺在风的怀抱里，细小的声音都变成悦耳的摇篮曲，像小时候母亲在我的耳边轻唱那般甜美。我很快便熟睡过去。

在梦里，我依稀看见草原上有几个天真的孩童，各自手里都牵着高高飘飞的风筝在嬉笑地奔跑着。我轻轻挪开脚步，生怕惊扰快乐的他们。隔着高大的榕树翠绿的叶子，我听见其中一个小孩说，快来这里吧，这边有风。而另一个小孩则摇摇头说，我们跑在哪，哪都有风，因为我们都居住在风的故乡里。

醒来后，我终于明白，有时候，我们根本不用去执着风的什么，风其实从未离开过，因为这里就是风的故乡，也是风仅有的归宿。水面上清浅的涟漪、翩跹而下的落叶，它们都是风的影子。我的那些伙伴们，我相信，如果在某个明朗的春天，他们看见天空飘飞的风筝，他们定会想起曾经有一个追逐风的童年，有一群天真快乐的伙伴。

长大后的我走在街道上，真切地感觉到路边的一草一木都在笑着欢迎我的到来，而鸟语不再是简简单单的鸟语，它既是悦耳的鸟鸣，又是风的歌谣。当花草不再笑，鸟语不再现时，风就化作所有的景致，点染着路人脸上的快乐与悲伤。

关于风，我始终固执地认为是年少时光的印记，悠扬，自在，一如清水般潋滟，又如绿叶般轻盈。风过无痕，什么也没有留下，它也不需要留下些什么，因为我们已一次又一次留下了对风的思念与憧憬。

寂静的榕树下，倾听风声，追忆逝水流年。那每一个盛满记忆的片段,总会在我们耳边轻轻喊着。我们要伸手握住风,握住那些已走过或未到来的纯美时光。

散落在记忆里的时光碎片

光阴以南,年华以北

　　小时候,嘻嘻哈哈的笑声总贯串着一切简单而美好的事物。那时我们不懂得人世间的烦琐,只天真地以为大人们嘴里谈吐的便是千真万确的事实;那时我们手里摆弄着玩具,并习惯性地将画纸上的一圈一点看成太阳;那时一次次的跌倒,让我们感受到父母温暖贴心的安慰。然而,这一切隶属于快乐的童年,却因为书包里日益增加的书本而告终。

　　后来,我安静地闲坐在陌生的教室里,看着四周的同学,试图以沉默的方式窥视他们的内心,结果是我用了很长的时间去融入这样一个充满阳光的群体。在悲欢交错的时光里,我忘却了学习的目的,始终看不见书桌上开始堆叠如山的课本和试卷,直到后来卷面上那落魄的分数,终于让我开始意识到青春的烦恼。

　　然而,我知道这样被定格在"应试教育"的青春实在太过于狭隘了,每天有意无意地徜徉在笔纸摩擦的沙沙声中,眼睁睁地看着时光过往的痕迹越发模糊。想想看,在那一段匆忙的时间里,只有在夜灯下的怀思才是唯一自在的时候。之后我终于定下心来,展开书本,认真学习。那时候,窗外飘落的雨滴、泛黄的落叶、轻快的鸟儿……那些裹藏着思绪的事物成了我静寂时的陪伴。

　　后来的日子,我开始叛逆,颠覆着之前那个坐在教室里埋头的书呆子形象。但是,我不会像那些染着金发的学生那样叼着狼藉的烟头,然后对着嘴里吐出的白烟自娱自乐。我也不像那些盘坐在教室,脏话随时脱颖而出的学生老大,呼喊着自己的"手下"做这干那。在我看来,他们的行为是一场颓废的闹剧,每天活在自己世界里,自以为高高在上,却忽略了生活背后的种种困难与辛酸。如此一来,我的叛逆显得有规有矩,仅仅是不爱学习,痴迷于电脑游戏罢了。站在他们中间,也从中看见自己的未来是多么渺茫与不堪,于是最终还是选择妥协,乖乖地坐回教室,埋头学习。

　　时光依旧,我坦然地执笔,依托着我那过往的童年,以及被我浪费过的青春,我想要将那些好与不好的回忆装束成一本日记,记录这些值得收藏的点点滴滴。我从来没有想过,一旦落笔,却深陷其中。

　　但是在高二分科的时候,我选择了与文字毫无关联甚至有着排斥的理科,那时候我固执地认为夹杂在文理之间的人是适合社会发展的人才,于是带着一种莫名的期望向前一步。但不久便让我感到吃力,鱼与熊掌始终难以兼得,就像理想与现实,那中间常常隔着一条遥不可及的汪洋。

　　当我握着刊登有自己文字的杂志时,当我握着附着闪闪发亮的分数的试卷时,我感动得热泪盈眶。回想起先前的努力,我不知道我前方的路还有多长多曲折,也不敢保证自己能否顺利抵达梦想的彼岸,但我知道一张白纸的重量,是需要一位画师付出心血地描摹才能展现它的亮丽与厚重。我的路便是这样一张白纸,我的成长便是那支描摹的画笔,我自身便是那位画师。

斑驳的记忆夹杂着成长的气息,好似被风吹过的落叶,在不经意间散落了一地。我们站在时光的十字路口瞻仰生活的片段,往事已过,未来迷茫。有谁知道,在那些漫无止境的时针上,有些事,总来不及感叹,便悄然而逝。我的故事我会一直用笔记着念着,即使那些故事平淡乏味,但那都是我成长的见证,直到某一天,天荒地老时,蓦然回首,过往的一切仿佛还在昨天。

时光不该寂寞

还是在晚霞时拉开窗帘的,不知什么时候开始,喜欢看着昏黄的晚霞,看着夕阳最后一缕光线为花白的墙壁涂上浓重的阴影,仿佛飘散的云朵是在顷刻间移向最西边,所有的一切都被轻描淡写成落日余晖的诗篇。

一个人时常在想,宽阔的视线,隔着狭小的窗门,那种漂浮不定的思绪是否会更加烦乱?我不知道为什么自己会突然间拥有那份难耐的寂寞,每当在校园里匆匆走过后,执笔想要谈吐内心显露的那份新鲜,却在密密麻麻的文字里寻找不到一丝乐感。于是,我猛然地冲出房门,抬头仰望远在他乡的时光。

散步,我依旧选择这样一种闲暇的方式。于是,在喧哗的嬉笑声里,我散步在刺目而短暂的霓虹灯下,咋看脚下急促奔走的身影;于是,在静谧的白月光里,我散步在高大而茂盛的大榕树下,倾听身后风吹叶落的声响。

那些匆匆走过的岁月,始终悬挂在那样的一个夜晚,平静而安详。虽然记不清自己多少次对自己说过要快快长大,却依然记得那天,同样的晚霞,汽车缓缓启动,缓缓远离那个垂泪的身影。在众人挥手告别时,黯然发现自己怀里的背包与手心紧握着的行李,似乎在沉默中萌芽生长。远远地,我依稀看见母亲夹杂着白丝的黑发,它们像是黑暗中的光线,深深地刺疼了我的眼眸,我揉了揉双眼,不知道车行的快慢,等到我睁开眼时,我已看不见车后的母亲了,车行扬起的尘埃模糊了整条道路。

后来,我放下了身上沉重的包袱,徘徊在陌生的校园里。原以为自己会在忙碌中学会所谓的坚强,最后却在食堂、教室、宿舍三点一线的空间里落得半日清闲。

记得曾经走过的梦境,自己身处在如诗如画的山水间,远处的一棵菩提树下有人在默默地叨念着世上最孤独的是什么,他始终没有找到答案,然后菩提树上的绿叶开始闪闪发光,照亮了前方的阶梯,阶梯上印刻着一个个沉重的脚印,可是轻轻遥望,什么人也没有。

我一直无法理解那梦境的含义,误以为是自己的渴望,渴望着某一天能登高在山顶,俯视山下的绿树红花,痛快地大喊成功。然而并非如此,看着宽阔而空寂的校园,看着同学们成群游走于后山上,或者看着在石阶上栖息的鸟儿,看那些再简单不过的点点滴滴,我才明白,对于一个离家的孩子,最孤独的是自己走过一条漫长的道路,而路上除了自己的脚印,什么也没有。

在校园里遇到了师兄师姐,笑着从他们手中接过学生会的申请表,他们亲切地为我细说学生会的情况之后,看我没有申请的意思便转身离开。我在深思,如果说大学应该是一个欢聚的舞台,而不是寂寞的联邦,那么申请表上那一横一竖的空白处,会不会是一种治愈寂寞的良药? 于是,借着微弱的霓虹灯光,我匆匆地填下个人资料,又匆匆地追赶远在身后的师兄师姐。

霓虹光影,我看见了地面的影子,除了我,还有很多很多,他们在开怀大笑。

时光路上的黑白琴键

相簿上的照片清晰地印刻着我孩时的模样。那时候,柔和的光线暖暖地洒在精致的钢琴上,我穿着肥大的校服端坐在琴旁,顺手轻轻地抚摸上面黑白的琴键,时光仿佛顷刻间静止在琴键弹响的尾音中,轻缓的旋律缭绕其间。母亲说我那一刻像极了钢琴王子,忍不住举起手里的照相机"咔嚓"一声,把那一刻定格在小小的框架上。时至今日,无意间让我翻开这张照片,却俨然发现自己对弹琴的喜爱早已遗落在时光的长河深处。

年幼的自己因为腼腆的性格总是见人就躲,宽大的教室里,唯独自己靠窗的位置尤为安静,时常在同学们面面相觑的声音中低下了头,由此孤独的症状越发严重。闲暇的时候行走在大街小巷,看着路边的一群伙伴集聚在一起嬉戏,看着他们即使对着简单的童话故事也能乐呵呵的样子,我打心底里羡慕。

那时候懵懂，对音乐的定义始终停留在简单粗略的声线上，所谓思想通过声音符号的表达，所谓浪漫有韵的内涵与情怀，所谓在噪声和频率不变的纯音之间所体现的质感……通通只不过由黑白琴键所弹奏的音色，于我而言也只是一次偶然的邂逅。

那天在放学后被教学楼所传来的钢琴声所吸引，继而一步步往上走，在音乐室的窗前停下了脚步。在此之前，我们的音乐老师从来都没有在我们面前展示过弹琴，她只是规规矩矩地按课本上的曲子教我们歌唱。窗内那台干净的钢琴瞬间进入我的眼帘，一位陌生的老师在上面轻弹。她弹的那首是我们学过的《让我们荡起双桨》，琴声四溢，优美的旋律在暗淡的空气中缓和地流动着。那一刻，我明显感觉到琴声悄然飘进了我的世界，没有形状，也没有具体的画面，却让小小的我感受到了琴声的美态，恰似一朵云，飘往风中美好的故土。

陌生老师注意到窗边的我，温柔地挥着手示意让我进去。那一次我们聊了很多，长期压抑在内心的寂寞像是被流水冲洗般瞬间溢出，溅起无数水花。老师拍了拍我的肩膀，笑着告诉我，音乐是治愈寂寞的良药，让我学弹琴。回到家后，自然也对父母提出了想法，在他们相互看一眼后点头答应了下来。

第一次触摸钢琴，稚嫩的小手从左到右轻数黑白的琴键，虽然没有声音，但足以让我兴奋不已。那是我练琴的开始，老师手把手教我们，从弹琴该有的姿势到学会弹响一整首曲子。练习的过程中常常会忘了时间，夕阳西下，每每看到自己被夕阳拖得很长的影子，总会误以为墨色的音符在身后跳动。或许这是弹琴所带来的喜感，走路的时候也不时哼起了歌曲，这也自然惹来了好奇的同学，他们咧着嘴靠过来询问我开心的原因，那时候我也乐于分享，渐渐地，身边的朋友也因此多了起来。

想起有一段时间喜欢重复听那首贝多芬的《欢乐颂》，这首由大提琴和低音提琴演奏出来的歌曲，常常让人幻想走进一个纷纷扬扬的绿色森林，浑厚、低沉的声音在寂静中响起，穿过平静的绿叶，落在我的耳旁，之后是一阵明快的风，吹起整个大千世界。那是一个如标题一样欢乐的场景，恰似生活中的我所欠缺的元素。

那么生活中的欢乐是什么呢？在一次钢琴培训班下课后，我特意留下来等人群散去，然后过去问老师。老师听后笑着摸摸我的头，反问我学了弹琴后收获的是什么？我埋着头想了想，回答是朋友。确实，因为弹琴的缘故，我的内心舒畅了不少，也渐渐学会了交流，犹如把自己埋藏在封闭的密室后打开天窗迎接晨曦的光线。老师说，我们可以把音乐当作欢乐的一种表达方式，但不能视为欢乐的源泉。好比一个优秀的演员将自己融入角色当中，又会从角色中抽离自我，回到真实的世界享受真实的喜怒哀乐。

后来，在一次县级表演会上，学校让我们这个钢琴班代表学校表演，而表演的歌曲恰好是那首《欢乐颂》。会场上，我们在掌声中走上了舞台，闪亮的灯火集聚在舞台中央，伴随着星星点点的闪光，我们弹响了第一个音符。台下很静，只有我们的旋律在飘荡，当双手依附在黑白的琴键上时，我以为脑海会又一次漫过平静的大海，漫过湛蓝的天空，漫过那个欢乐的森林。然而这些出奇地没有出现，耳蜗上除了熟悉的旋律，视线除了台下那一张张亲切的笑脸，身旁除了在一同演奏的队友，什么也没有。曲终之时，响起的是真真切切的掌声。

那一刻，我终于明白真正的快乐并非是音乐所能给予的，而是需要源自生活真实的造诣。在那一条由时光铺就的道路上，我们留下了太多，也遗忘了太多，以至于会借某一样事物转移我们的视线。然而，成长需要的是在一种精神寄托上学会还原真实的自我，然后展开双臂去大方迎接。于是，我头也不回地笑着走开了。

多少年后的今天，回想起那一段弹琴的日子，我欣喜地发现被我遗落在时光路上的黑白琴键原来从未在我的内心消失过，至少在我的记忆

中依旧清晰地存在。我知道下一次触摸琴键的时候，我会把这一生欢乐的回忆融入其中，让旋律漫过每一个幸福的站点。

少年仰望的岁月

犹记年少的自己喜欢仰望。

四月的雨季，漫天都是清澈的雨水，晶莹的水滴洒落在屋檐的瓦砾上，发着清脆的响声，好似一首没有伴奏的摇篮曲，自然，干净。此时的天空总望不见白云的痕迹，浑浊的一片，少了昔日的生机与活力。乡村里的农民忙碌着踩着坑洼的泥土为田里的农作物架上帐篷，而年幼的孩子什么忙也帮不上，只好靠在窗前观望着黑压压的天空。雨声中，窗玻璃上细碎的水滴夹杂着思绪，串连成一条清晰的划痕从上往下滑落，仿若一场简单而华丽的洗礼。九月的淡季，太阳高高地挂在蓝天上，风里裹着夏日的余温，与天上的白云簇拥在一起，形成一朵白色的浪花，肆意在阳光下。

闲暇的时候，我总喜欢和几个伙伴聚拢在一起，因为阳光的缘故，田地四周都是暖洋洋的感觉，细碎的光线穿过河流，穿过稻田，把我们拥在怀里,笑意暖暖,时而飘来一阵玉兰花香。

那时候我们没有玩具,只好自己找些东西娱乐,忘记了是谁的提议,说是让我们自己动手制作一个简单的秋千。话语刚落下,我们便四散寻找秋千所需的工具。我们从废弃的工厂里找到一个内径够大的轮胎,一条粗绳子,几个人抱着轮胎和绳子艰难地行走着,当脚步停在榕树下时,我们已经累得气喘吁吁,仿佛耗尽了我们所有的力气。当然,休息过后便是开始制作秋千,其中一个步骤是必须将粗绳子悬挂在树上,然后将垂下来的绳子捆绑在轮胎的两端。由于榕树长得高大,即使平日里喜欢攀爬的我们也奈何不了那高度,最后的结果不外乎请来大人们为我们效劳。起初大人们不愿意,最后他们也奈何不了我们苦苦的哀求,点头答应。秋千完工的那一刻,我们像枝上的鸟儿般欢呼雀跃,一个个争着秋千的宝座。其实我们不是真的想玩秋千,而是想更靠近天空些,秋千荡得越高,我们就离天空越近,我们都是喜欢仰望的孩子,常常幻想着天以外的世界有多精彩。

小时候就是这样懵懵懂懂的,带点傻气,幼稚的脑袋就喜欢装下一个个天真的想法。即使望着简单的白云,我们也会幻想一番。倘若某个人提出白云是什么,那肯定一堆人都在争着回答,这个说是飘在上空的一朵美丽的白花,那个说是包裹着蓝天的轻纱,而我说是缠绕在阳光下的木棉。有时候,白云留给我们的印象就像一堆不愿飘落的雪花,被风一吹,它便在蓝天上堆砌着各种各样精美的图案。很多时候,我们就是在榕树下荡着秋千,讲着故事来消磨着时间,直到黄昏日落我们才挥手各自跑回家。

还记得某个午后,我们相约在河流对岸的森林里捉迷藏,由于那时候杂草丛生,很多草的高度早已盖过我们矮小的身子,加上郁郁葱葱的花草树木可做掩饰,所以来玩捉迷藏很是合适。那时候自以为聪明的自己快步把他们抛得远远的,然后在某一棵树下坐着等着他们的到来。那

时正是盛夏时分，刺目的阳光被茂盛的叶片所遮挡，惬意的蝉叫声萦绕在耳旁，我就这样躺在树下闭着眼，听着这般旋律，不知不觉便坠入梦乡，而伙伴们因为找不到我以为我已经回家了，于是纷纷离开。

醒来的时候已是黑夜，蝉叫声早已安静了下来，寂静中透着一丝寒意。我不禁害怕了起来，一边跑一边喊着父亲，喊着喊着，泪水就出来了。不知道走了多久，依旧走不出那个森林，我孤独而无助地坐下，蜷缩着身子埋头哭泣着。直到听见父亲的声音才安静了下来，他在不远处叫喊着我的名字，熟悉的声音缓缓穿过这片林子，从断断续续，到越发清晰。看见父亲的那一刻，我飞奔过去，倒在他的怀里哭泣。父亲没有骂我，他轻拍着我的后背安慰着说"没事了"。

那时我们并没有马上回家，父亲带着我到河边坐下。那是个月光皎洁的夜晚，四周只有河流流淌的声音，仿佛专门为这夜而准备的奏鸣，天上繁密的星星暴露在月亮四周，形成一片繁华的景象。我躺着，仰望着星空，先前的害怕似乎在此刻烟消云散，继而换来的是一份欣喜的心情。父亲即兴给我讲了一个故事，是早已熟悉的"嫦娥奔月"的故事，然而我没有打断父亲的话语，耐心地听着，想着嫦娥奔向月宫后和我们的不同，是我们可以仰望，而她只能俯视，究竟谁更幸福呢？故事结束后，父亲的兴致还未散去，要我唱一支歌来解解闷，我点点头，清一清喉咙，故作认真地唱了起来："一闪一闪亮晶晶，满天都是小星星……"当仰望成了一种习惯时，连唱歌也会不自觉地仰起头，视线里的夜空因为有了星星的点缀而变得美好，至于我唱了多久已不记得，只依稀记得当时的父亲拍着手，连声说"好"。

冬天，我们也习惯在窗边仰望。因为天气寒冷，我们时常把自己埋在被子里不愿出来，这时候即使天气再冷，我也会打开窗口，静静地观想天空以北的地方下着的雪花。由于身处南方，我们始终看不到白雪的痕迹，偶尔能在海拔较高的山上看到一两棵结了霜的树木，但那始终不是雪,没有雪的松软和冰凉。大伙儿给我们解释说,雪花就隐藏在白云上面,但由于南方的温度较高,降落下来的雪就融化成水珠了。

后来,我们冒着严寒往外跑。寒风飒飒地吹过我们的耳旁,田野上的农民粗声喊着让我们回家,然而我们假装没有听见,一如既往地跑着,风越大,我们便越兴奋。我们仰着头,仿佛夸父逐日般朝着阳光的方向奔跑。此时的白云在一点一点地散开,好像失去了往常的安静,它们在不安分地挪动着庞大的身躯,却犹如落叶般轻盈,又仿佛蒲公英的种子,在做一次深情的告别后便四处飘飞。但是它们不会像落叶一样落在泥土里,也不像蒲公英的种子那样越飘越远,它们只绕在天空里,来来去去,离离合合,终究会聚在一起。

那时的我们,比谁都幸福。

长大后的我已经没有当年的那份童真,也不再仰望,铺天盖地的作业和试卷迫使我们不得不彻夜埋头苦干。然而,我常常会梦见小时候的自己,无忧无虑,时常想要在仰望的过程中获得那么一点满足。雨天,细数着水珠滑落的痕迹;夏天,荡着装有美好回忆的秋千;夜里,对着满天的星星高歌一曲;冬天,一起奔跑在阳光下。那么,我们的满足是什么呢? 梦里,时光给了我最好的答案:在仰望的岁月里,获得一点简单而美好的遐想。

时光·静好

一

夕阳,纸鹤,月光。

我时常会梦见这些画面,仿佛行走在一条踌躇不定的长流中,思绪溅起的水花徜徉在某一个方向,为的是寻找那一方虚无缥缈的海角。我知道,在那个盛满思念的海角上,昏黄色的夕阳,带走了让风吹过的纸鹤,亦如带走那个熟悉而慈祥的背影,只留下孤独的月光在那悄然发亮。

有人说,梦始终是梦,那仅仅是一幅虚无的画面。

可我说,梦虽然是梦,但那是一场美好而温馨的回忆。

有谁知道,我多么想回到已逝的童年,回去躺在那个从未被遗忘的怀抱里,暖暖地沉入梦乡?

我相信您是知道的,我的爷爷。

从抽屉里取出那一张陈旧的照片和有些发黄的纸鹤,我就知道,我将会再一次乘坐回忆的翅膀,让所有的记忆幻化成风的模样,然后静静地观想那时候……

二

　　小时候总喜欢散步。

　　喜欢散步在喧闹的人群里，喜欢散步在静谧的月光下，喜欢散步在饭后的畅谈中，一直渴望有一条漫长无尽的道路可以让我继续散步下去。仅因为爷爷，习惯于被他牵着手，跟着他那有些散漫的脚步，细细听着那慈祥的话语，从未感到百无聊赖。

　　或许从他人看来，每天重复在一条街道上很是枯燥无味，但是在爷爷看来，能够在喧闹的人群中呼吸着混杂在空气里的暖暖的人情气息，那是一种闲暇时的享受。

　　那时候上幼儿园也是爷爷牵着去的。

　　他总是一边指着某一家店里的包子，或是糖果，一边对我说："上学要听话，等放学了，爷爷带你去吃好吃的。"

　　而我总是笑着点点头，然后在幼儿园的嬉戏声中等待放学的时刻。待到那一刻真的到来时，总会依稀看见那熟悉的身影和夕阳下那张慈祥的笑脸。

　　告别了幼儿园的老师，爷爷便开始牵着我去兑现他的承诺。

　　每次妈妈看见我手里拿着的食物，总会唠叨着："老是这么贪吃，小心吃坏肚子。"

　　而爷爷会护着我说："没事，他喜欢吃就让他吃吧。"

　　"您老是宠着他，这把他宠坏了怎么办？"

　　"没事，他很乖的。"

　　…………

对于这样的对话，我早已习以为常，继续吃着手里的食物。因为我知道，妈妈的唠叨在爷爷面前总会"败下阵"下来。

三

记忆中的爷爷有着寂寞的一面。

多少年后的今天，我依旧能够清晰地记得那样一个画面：夕阳，似一朵淡然中略带忧伤的花朵，没有声音，只是在悄无声息地绽放着。大人们外出工作还没有下班，妇女们在厨房里忙里忙外，小孩们则嘻嘻哈哈地在院子里相互追逐嬉戏。只是，谁也没有注意到，总有这么一个被夕阳镌刻在土墙上的身影，安静地坐在某一个角落，偶尔抬头看着嬉戏的孩童和那远处昏黄的云朵，沉沉浮浮埋藏着悲凉的沧桑，寂静沉默的他，独自一人品着刚沏好的茶。

有时候我会问他："爷爷，您整天坐着，不会感到无聊吗？"而爷爷总是笑着抚摸着我的头，说："会啊，所以你们要多陪爷爷聊聊天啊。"

那天夜晚，当他品完茶后，领着我到院子里。他坐在摇椅上，而我则躺在他的怀里。

记得那个时候正是秋天，是个多愁善感的季节，亦是个思绪遐飞的季节，那时虽然不是中秋节，但夜空上的月亮依旧那么圆，那么美。

他目不转睛地看着月光，问我："小凯，你知道月亮上有什么吗？"

我咧着嘴，答道："知道，有嫦娥啊。"

他淡淡地笑笑。

透着薄薄的月色，我凝视着身旁的这张笑脸，那些因岁月的摧残而发白的毛发，那慈祥的微笑却掩盖住了他往日里的苍老。这时，院子里的鹦鹉突然大喊"爷爷很闲，爷爷很闲"。爷爷微微一笑："是啊，整天都没事做呀。"

过去，我总会觉得从那只鹦鹉嘴里喊出的话语很是逗人，然而，此刻的心情却因为那么一个"闲"字而变得失落。

当目光再一次移向爷爷时，不知哪来的思绪，让我想着，是什么让爷爷的生活落得半日清闲呢？对于一个退休的老人，能做的就是每天的散步，或是品茶吗？忽而感觉爷爷真的很是孤独。

我问爷爷："爷爷，您孤独吗？"

爷爷默然地抬起头，黯淡的目光像是被人说到了痛处："怎么这么问？"

我从爷爷怀里跳了下来："没什么，只是想问问，爷爷快说啊。"

爷爷笑着说："爷爷有你们这一大堆孙子，每天陪伴着爷爷聊天散步，怎么会孤独呢？"

听了这句话，我想起了爷爷常告诉我们，他喝的茶很清香，希望我们也能够和他一起品尝看看。于是想着，会不会是不争气的我们没有一个喜欢喝茶，所以每次都只有爷爷独自一人品尝着那清香的茶水，于是他就不知不觉成了孤独老人了呢？

当我安静地别过脸去的时候，我庆幸当时年幼的自己能有这么多想法。然而，我又能做什么呢？

我坐在了爷爷的腿上，说："爷爷，要不，您再给我讲讲嫦娥奔月的故事吧，我想听。"

"好。"

<h2 style="text-align:center">四</h2>

七岁那年，我上小学了，也搬了家。

记得搬家的那天，爷爷突然失踪了，我寻遍了整个院子都寻找不到他的踪影。在被妈妈拉上车时，透过车窗，我不停地扭头张望、寻觅，只是始终没有看见爷爷的身影。妈妈抚摸着我的头，告诉我："爷爷只是有事出去了，以后我们常回来看看就行了。"

搬到新家的那一段时光，我常常对着星空久久地发呆。我不知道对着四周仍是陌生的墙壁可以做些什么，耐不住寂寞的我，只好选择独自一人徘徊在那条狭窄的小巷里，脑子忽闪而过的是和爷爷一起散步的画面，原本这时候我应该和爷爷一起去散步的，或者陪着爷爷聊天，而现在呢？由于身旁没有了爷爷，散步也变得无聊至极，索性回家了。

几天后接到爷爷的电话。我兴高采烈地拿起电话开口就说很想他。

我听到电话那边的笑声，声音仍是那样的和蔼："你在那边记得要听话，知道吗？"

"嗯，我会的，爷爷。"

"以后有时间就常回来看看爷爷，爷爷再带你去吃好吃的。"

"好的，爷爷您要注意身体啊。"

"会的，您也是啊。"

…………

挂了电话，我发现眼角的泪水还是耐不住空气的温度而缓缓溢出。

或许，那一天搬家，爷爷不是失踪，而是躲在某一个墙角，依依不舍地看着我们离开；或许，这一个电话，是爷爷挣扎过好久才重重地按下那几个简短的数字；或许，爷爷和我一样，少了一个人陪伴的散步，生活也变得极其无趣。

我"扑通"一声倒在妈妈的怀里哭泣。妈妈温柔地抚摸着我的头，暖暖地说："好孩子，不哭，你已经长大了，我们会经常回去看爷爷的。"

那一刻，我终于明白，那些被爷爷接送幼儿园的时光，那些和爷爷一起散步的时光，都已经一去不复返了。

时间从来没有停下过它匆忙的脚步，它时常在我们不在意的时候，从我们的身旁悄然走过。有的时候带来的是欣喜的感动，而有的时候则是留下莫名的惆怅。我不知道，在那样匆匆而逝的日子里，有多少能像枯黄的落叶般，黄了又绿。

不知道什么时候开始，我常常听到爷爷生病的消息。

窗外，冬天的朔风带走了昔日的温暖，亦带走了往日的喧闹，可心总不能在那样安静的夜晚获得一丝安宁。

于是，我向妈妈提出回一趟老家，去看望爷爷。

当汽车缓缓地停下时，我马不停蹄地顺着小路跑去，看到了昔日的老家，连忙推开那一扇冰冷的铁门。映入眼帘的是爷爷瘦弱地躺在院子里的摇椅上，依旧品着手里的茶。在大厅内的灯光的映衬下，爷爷那满头发白的细线，深深地刺痛了我的双眼，尽管我早已知道爷爷身体不好。

他看到了我，微微站起，费力地做了一个浅笑："回来了啊。"

我跑过去，倒在了他的怀抱："爷爷，我想你了。"

他轻轻地抚摸着我的头，慢声中带点疲惫地说："回来就好，回来就好。"

在老家吃过了晚饭，妈妈在厨房里洗着饭碗。无事可做的我走到爷爷身旁，说："爷爷，我们去散散步吧，我们好久都没有散步了。"

他笑笑，露出有些发黄的牙齿："好。"

于是，爷爷便牵着我，走出了院子。南方的冬天没有下雪，可这一路上，依旧寒风刺骨，四周的花草树木早已失去了往日的生机，垂垂老矣的样子。路旁的小贩也已收了摊，回家取暖，一条街道看过去，仅有几盏暗

淡的路灯在散发着微弱的光芒。

我听见了爷爷的咳嗽声,声音细微而清晰,看得出爷爷刻意压低了声音。

爷爷说:"今天早知道你要回来,爷爷就买些糖果给你带过去,可惜啊,现在都关门了。"

我低着头,沉默了片刻:"不用了爷爷,妈妈早就给我买了很多吃的,您不用担心。"

"是吗?那就好,那就好。"

"爷爷,您的病还好吗?"

爷爷微微叹了口气,说:"没什么,就是人老了,就容易感冒呀,你要注意身体知道吗?"

"嗯,我会的,爷爷也是。"

说到这里,爷爷又咳嗽了起来,看着他难受的样子,我连忙说:"爷爷,我冷了,我们回家吧。"

爷爷笑着点点头。

回到了家,奶奶骂我不懂事,明知道爷爷生病了还出去。

爷爷接过话来,说:"没事,只是我想出去走走,就让他陪我去了。"

奶奶叹了口气,回到厨房继续干活。有那么一刻,我真的后悔了,明知道爷爷生病了,为何还要叫他出去呢?

之后,我和爷爷一起到院子里,爷爷依旧躺在摇椅上,我不敢躺在他的怀里,只是拿了一张凳子坐在他的身旁。

天空的夜色因着这寒冷的冬天而铺上一层薄纱,抬头看不见星星,偶尔有月亮的余光扫视一下朦胧的夜空。我不知道月亮上是否真的住着一位嫦娥仙女,但我从爷爷深邃而疲倦的目光中知道,爷爷把所有的心事都藏在了月亮身上。

爷爷咳嗽了一声,字句清晰地问我:"小凯,你知道月亮上有什么吗?"

我点点头，满怀疑惑地回答："爷爷不是问过了吗？"

爷爷笑了笑，"月亮上除了有嫦娥，还有已去的亲人。"

我摇摇头，问："不懂，他们去了哪？"

爷爷说："他们去了月亮那里，不再回来了。他们会在那里守护着自己的下一代快乐地成长。"

我又问："那要怎么和他们说话呢？"

爷爷笑笑，说："可以给他们写信，然后折叠成纸鹤，高高地抛向天空，他们便会收到的。"

"那纸鹤要怎么折呢？"

"改天爷爷再教你吧。"

"好。"

六

那天从老家回来以后，妈妈要我专心学习。

每天在台灯下做作业的时候，我总会时不时停下笔来，打开窗户，看着皎洁的月光，想着爷爷说的话。手里的笔也总跟着墙上的时钟来回转动，心里默默想着，如果月亮上真的有嫦娥仙女还有那些"已去的亲人"，那么请你们保佑爷爷身体早日康复。

默念过后接着做未完的作业。

也不知道是哪一天了，我再一次随着妈妈回到了老家，一打开家门，我便看到了爷爷一如既往地坐在摇椅上，闭着眼睛享受着什么。那时候，正是黄昏，夕阳西下的时候。

原以为爷爷的病已经好了，于是淘气地跑了过去，把头轻轻地贴近了爷爷的耳朵，问："爷爷，您在干吗呢？"

爷爷慢慢地睁开眼睛,侧过头笑着抚摸着我的头,说:"爷爷在享受着夕阳的洗礼呀,我的好孙子,爷爷,夕阳西下,总会有那么的一天啊。"

我木讷地望着爷爷,又问:"那是什么意思呢?"

爷爷只是轻轻地摇着头,并没有回答我的话。随后,他从摇椅旁取来一张早已准备好的白纸,上面写着清晰而简短的几个字:幸福快乐!

昏黄的光线直射下来,照得我的视线有些模糊,但我依旧能看见爷爷那布满皱纹的手,在小心翼翼地一点一点地折叠着,最后折叠出一只纸鹤。当他把折叠好的纸鹤递给我时,我欣喜若狂地欢蹦乱跳,而爷爷则没有说什么,慢慢地闭上眼睛,静静地躺着。我却没有注意到,夕阳下,他的身影又显得苍老了许多。

而那只纸鹤却很精神地停留在我的手心……

有那么一天的夕阳西下时,我再也听不到爷爷的声音,也看不见爷爷的身影了。他已经离开了,没有声音,走得那样的安静。在我听到这消息的时候,失声痛哭……

堂哥告诉我,爷爷走的那个夜晚,灯光很暗,但房间却是亮得很。是月光,是窗外的月亮照射进来的光芒。

此刻,我却能想象出那个夜晚的情形,一定是这样的:柔和的光亮伴随着微风轻轻掠过,像一首动听的曲子,柔和的音律荡漾在爷爷的心里。那光照着爷爷的身躯,显得爷爷更加的慈祥。爷爷的目光也是望着窗外的月光,缓缓一笑,然后,爷爷的眼睛也缓缓地闭上了。

就这样,在那个月光皎洁的夜晚,他告别了我们,去了月亮那里。

<h2 style="text-align:center">七</h2>

回忆之前的点点滴滴,爷爷的一生,虽没有什么丰功伟绩,但在我的

心目中,他就是伟大的。因为有了他,才有我们这一大堆不争气的孙子。我们后悔了,为什么当初不陪伴爷爷喝杯茶呢。

多少年后,我还是不会忘记和他一起散步的日子,不会忘记陪伴他闲聊的日子,也不会忘记他陪伴我们玩耍时的笑脸……

夕阳西下,我把那只纸鹤重新放入我的抽屉里珍藏着。

从作业本上撕下一页纸,重新折叠成一只纸鹤,然后缓缓打开天窗。这天的夜晚,月光依旧那么皎洁,我把纸鹤对着月亮,高高地抛向天空。看着它在忽明忽暗的小巷里越飞越远,心里默念着:去吧,去送给月亮上的爷爷,把我的思念带给他。

"爷爷,在月亮上的你,想家了吗?"纸上写着这么一句话。

遗落在天边的星光

一

母亲时常在我耳边唠叨:"其实你爸爸很疼你,只是你不知道……"

听过之后,我总是点点头,然后面无表情地转身回到自己的房间。

一直以来，我对父亲的感情都很淡漠。抛开血缘关系这层不谈，我每次见到他，只是象征性地打一个招呼，然后各自忙各自的。因此，每当听到母亲那样说时，我的内心总会出现疑问——是这样吗？

"爸爸只知道工作，哪会理我？"我这么回应。

而这个疑问，直到后来我才终于找到答案。

二

多年前，在一个惬意的夜晚，我们一家人其乐融融地走在公园里。草坪上有人嬉戏，有人跳舞，有人歌唱……空气里弥漫着花朵的馨香，淡雅而清新。瘦小的我躺在父亲温暖的怀抱里。他指着繁星闪烁的夜空，笑着告诉我，月光再暗都有人看到，但星光再亮却从未有人去留意。那时候我太小，不理解父亲所说的话，只点头称是。

小时候的我喜欢玩玩具。每次看到同伴有新的玩具，我一回家总吵着要父亲也给我买。起初，他会皱起眉头，叫我应该好好学习，不过最后还是会在我的再三请求下答应。之后，每当我羡慕地望着别家孩子玩新玩具时，他都会笑着抚摸我的头说下次给我买，而且他下次真的记得。

有一次，刚吃过午饭的我背起书包，跟他说了一声要到同学家学习后，便撒腿往外跑。跑出门外的那一刻，我暗暗庆幸自己蒙混过关——其实，我不是去同学家学习，而是去玩耍。我和同学们玩捉迷藏、放风筝、荡秋千……我们忘了时间，疯玩到黄昏。调皮的我摔伤了脚，放声大哭。同学们都很着急，不知所措地安慰我。而真正让我止住哭声的却是父亲。

我看到他大步跑过来，看到他紧张的表情以及滑过脸颊的汗水。他的额头上写着"着急"二字。

他轻轻背起了我，走在回家的路上，沉默不语。我趴在他结实的肩膀上，看不到他的眼神。枝头上那些低吟浅唱的鸟儿不见了踪影，风也停了，世界开始变得安静。夕阳拉长我们一大一小的影子。我突然觉得自己做错了，为自己的行为感到惭愧。

从那以后，我专注于学习，我身边的伴侣由玩具变成了各类书籍。我常在堆满书本的课桌上小心翼翼地写下提醒自己要努力学习的句子。父亲偶尔会过来检查我的作业，在练习本上留下"努力"二字。留言虽然简单，对我却是极大的鼓励。我期待某一天，当我递上一份漂亮的成绩单给他时，他能称赞我一番。

小学五年级开学时，他领着我去报到。老师笑着告诉他，我期末考试的成绩在全班排名第四。我挑起眉毛，目光很自然地移向了他。我原以为会看见父亲的笑脸，谁知他却皱起了眉头，好像在问：怎么才第四名啊？那一刻，我的心情瞬间由晴转阴。

以前我调皮，他会关心我。

现在我乖巧，他却变得冷漠。

我不知道在他眼里，怎样才算是优秀。

三

之后的日子，我多次想在他面前证明我在努力，可他总以点头的方式草草回应。

我上中学时，家中的经济压力迫使他到外地打工。

他离开的那天，我为他提行李。他拍了拍我的肩膀，嘱咐我："你长大了，要好好照顾你妈妈！"不一会儿，汽车缓缓启动。车轮滚过沙土时扬起的尘埃模糊了车窗，也模糊了他沉重的背影。我注意到母亲眼角的泪水，忽而发觉这是他第一次离开这个家。

他经常打电话回家，询问母亲的身体情况与我的学习情况。我感觉自己变得愚钝了，明明有很多话要对他说，但话到嘴边又说不出来，不得不咽下去，随后匆匆挂断电话，所有说不出的话都化作一串忙音……

有一次，他挪出时间回家。看着他下车，妈妈急忙走过去为他搬行李，脸上露出欣喜的表情。我发现他瘦了，原本乌黑的头发开始发白。晚饭时，他基本上都在和母亲说话，偶尔问问我那个一成不变的问题：学习怎么样？我也依旧给他那个不变的答案：还好。之后，又是一阵沉默。

再后来，他每隔一段时间都会回家一次。每一次，我都带着期待等他回家。而真正当他回来时，我却静静站在一旁看着他聊长途电话，看着他叹气……我不知道是什么让我们之间多了一层隔膜，不知道究竟是我变了，还是他变了，抑或是我们都变了。

或许，美好时光只存在于我懵懂的童年。

四

时光如白驹过隙，高考的钟声终究还是敲响了。

窗外几只鸟儿在低吟浅唱，教室内笔尖摩擦纸张发出"沙沙"声——在这样一个清雅与紧张共存的环境里，我想起他在电话那头对我说"好好加油"。我担心自己会再一次令他失望——就像小时候，我考到全班第四名，他还是摆出那副严肃的表情。

走出校园时，我微微叹了口气。同学们奔向等待了许久的父母的怀抱里，畅谈自己的感受。我独自一人走在林荫道上，没想到会看到默默等我的父亲。树荫下，他那张浸满汗水的脸上写满了期待。他询问我考试的情况。我别过脸去，淡淡地回答："一般。""没关系，路还长着呢。"他安慰我。

是的,路还长着。

我知道我会慢慢成长。然而,我和父亲之间什么时候才会有共同话题呢?

那一天晚上,他吃过晚饭就启程去了外地。

五

暑假稍纵即逝。

拿着大学的录取通知书,父亲陪我迈进新校园。我的行李比较多,都是他为我搬过来的。踏进宿舍,他执意要动手为我收拾床铺,说能为我做的就只有这些。我默默地站在他身后,看着他忙碌的背影,感到莫名的惆怅。

收拾完后,他流了一身汗,还没休息便告诉我他要回去了,嘱咐我好好照顾自己。我要送他,他不肯。于是,我站在宿舍门口默默地目送他离开。夕阳下,他背对着我慢慢走远,夕阳的余晖把他的影子拖得很长很长。我忽然想起,小时候他背着受伤的我行走在夕阳下。

我在学校里看着书、上网,生活平淡而无味。黑夜降临,城市开始亮起霓虹灯,繁星闪烁。我独自一人躺在校园的草坪上歇息。微风拂乱我的思绪。打开身旁父亲寄来的包裹,我欣喜地发现里面是一个不久前我在网上看中却又舍不得买的书包。

我抬头望月,想到故乡里的月光。那些闪烁的星光宛若璀璨的烟火,点缀着夜空。记忆瞬间回到那个惬意的夜晚,父亲指着繁星闪烁的夜空笑着告诉我,月光再暗都有人看到,但星光再亮却从未有人留意。是的,我们每一次抬头望向夜空时,都会不自觉地被那皎洁的月光所吸引,谁会留意那闪烁的星光呢? 就像沉默的父爱,躲藏在人们的视线背

后,不动声色。蓦然回首,原来我还记得父亲给我买的玩具,记得他背着受伤的我回家,记得高考结束时他等我等得大汗淋漓……泪水模糊了我的视线。

校园里的小道上路灯开始闪亮。

我想,我开始懂得欣赏了。

路途上的斑驳碎影

一

在归家的长途车上,车窗早已被我紧紧地关上,但我依旧能够听见由远及近传来的风声,呼啦呼啦,像极了一首节奏轻快的乐曲。

但我没有置身其中,窗边的风景就像浮光掠影,一闪而过,来不及欣赏,我只好从背包里取出一本书籍,捧在手心里读了起来。我想在我这里或许一心可以二用,因为我在看书的同时,耳朵里还塞着耳机,都是一些轻快的歌曲,恰如此刻的心情,悠扬而自在。

我的右边坐着一个与我同龄的女生,她一来就背着大大的行李,直到听到她和家人通电话我才晓得那大大的行李里面装的全是特产,她刚旅行完回来。

在大多数人看来,旅行的意义在于通过脚下的路来寻找和丰富生命的体验,但我个人更注重旅行背后支撑着的动力,那就是过往触发内心感受的记忆,有了过往,才有了今日的旅途。

每个人的记忆里都承载着不同的气球,不同的色彩点缀着不同时期的回忆,经过蹉跎的岁月,它们渐渐定格在半空,任由我们在需要时伸手触摸。

俨然记得我们三兄弟中首位离开家的是哥哥,那时候他经历了一场疲倦的高考,拿着录取通知书前往学校报到。那一段时间,大家总保持着沉默,一顿简单的晚餐,竟然落得只有吞咽的声音,偶尔也能听见一声"慢慢吃,别着急"。也有时候看见一双似是无力的手正夹着一块肉移向哥哥那装满米饭的碗上。一句简单的话语,却也显得低沉。

哥哥离开时特意选择了尾班车,他说那样可以待在家里更久一些。这个时候,车站就像一个离别的地方,夹杂着淡淡的忧伤,很多人踏上汽车奔向遥远的异乡,并且没有确切的归期。那时的我已经懂得,当你背着行李重现在故乡的土地上时,车站就转变成一个重聚的舞台,带来亲切又熟悉的归属感,我们回来了,又一次见面。

二

翻看了几页内容,我又匆匆地合上。窗外远处的青草丛生,粉色的花蕾匍匐在金黄色的田野间,日光下,显得精神焕发,如同花季的少女般羞涩。我想旅途中最美的时刻便是看见富有生命气息的事物,可随意纳入生活的素材,记在脑海。

车上的乘客除了年轻的情侣，还有身材发福的中年人，情侣们都在低着头窃窃私语，而中年人则显得有些疲惫，闭上眼睛就睡着了。我想我也是累的，身边少了可以谈天说地的好友，耳蜗里回荡着反复被播放的曲子，似是没有尽头。

小时候一群人围在一起总有说不完的话题，我们躺在草坪上，看夕阳一点一点地下山，听叶子清脆的声响，未来就像湛蓝的天，遥不可及。你问，多年后是否还会在一起。我说，不知道。你问，梦想是什么。我说，不知道……

其实在遥远的彼岸，很多站牌都明确刻上"未知"的标签，等待你一步步通过实践来寻求答案。我们懂得不多，却喜欢反复询问，直到多年后，我们分离，奔向不同的城市，认识新的朋友，那些看似稚嫩却饱含哲理的问题，始终没有一个确切的答案。

电话来的时候，我正对着窗外的风景出神，接听意外地发现是多年不见的小希。小希初中毕业就没有继续上学，在我回学校领取录取通知书那天，就看见他拖着大大的行李箱，细碎的刘海伏在他的额角，显得干净又有活力。那时候我就问他去哪。他大大咧咧地回答，打工，为了生活，也为了自己。我问，为什么不继续上学。他说，每个人的价值观不同，做的事情也不一样，我不适合待在教室里做好学生，我相信自己出去后会闯出一片天。

那时我只是笑而不语，我不知道该用怎么样的语言去表达。因为未来，总没有当下来得现实，但我看出他是一脸的自信。

电话那头他兴奋地说，升职了，经过一场奋斗，他攀爬上了管理层。

同样，我依旧笑而不语，同样是不知用什么语言表达，他自己选择了一条曲折的道路，虽然当时许多人为他的决定感到惊讶，甚至用异样的目光打量，但现在他总算完善了自我。

好比一场旅行，选择的站点不同，领略的风景也不同。

三

汽车在中途的加油站里停下,乘客们纷纷下车休息。这个加油站里有一个小型的超市,周边还有一些小店铺,专门供给途中需要的人群。虽然加油站坐落在较偏远的地方,但只要乘客们下车打转,这里还是显有一片繁荣的气息。

隔着车窗,我看见了一个表情错愕的男孩,弯着身子寻找着什么东西。不一会儿,一位面孔和蔼的中年人拍着男孩的肩膀,两个人面对面聊了起来。我在车上听不清他们对话的内容,我能看清的是男孩脸上的表情,时而迷茫,时而羞涩。像父亲要为儿子做些什么,儿子却不愿父亲为之操劳。

接着,中年人取出几张钞票递在男孩的手心里,男孩起初不好意思收下,一推再推,结果拧不过中年人,还是收下,转身,挥手告别。

不知道哪来的冲动,我直接起身跑下车,也拍了拍男孩的肩膀。男孩是一个热情开朗的小伙子,或许因为我们是老乡的缘故,聊起天来像是重逢的故友般,有说不完的话题,肆无忌惮。聊天的过程中,我了解到男孩并不认识中年人,他的钱包丢了,身无分文,幸好中年人伸出援手。

这是多么简单的故事,甚至简单到有点不靠谱,但它却真实地在我眼前上映。我笑了,说世间怎么还有如此好的人啊,不怕被人骗了吗?男孩同样笑笑,因为这句话他同样对中年人说过,但中年人豪爽地摇摇头,声称助人是他的本性,他不愿在任何时候丢掉他的本性。

刚上大学的时候,我在周边百无聊赖地行走,碰见一位到处和别人讨钱的中年妇女,她衣着单薄,毛发被风吹得有些凌乱,声称几天没吃饭。我转过身,直接忽视。那时候总是听说现在的人到处都是假的,身

份证可以造假，身世胡编瞎造，骗人的技术不断翻新。

　　让时光回到更前的时刻，某个在大排档吃饭的夜晚，不知从哪冒出来的五六岁小男孩，一身的邋遢，肩上背着沉重的书包，他蹲下身伸手去捡别人丢下的饮料罐。一时同情心泛滥的我向母亲要了钱，跑到马路对面买下几个热乎乎的包子塞在小男孩的手上。小男孩很有礼貌地点了点头，道了一声谢。

　　如今回想，我发现我在旅途上丢失的不仅仅是时间，还有我那善良的本性。在历经沧桑的年代里，是不是所有的人都只在乎自己脚下的路，匆匆走过，什么也没有留下？幸好遇见了男孩和中年人，让我觉得其实一切都还好。

　　和男孩告了别，上了车，汽车缓缓启动，我们继续前往回家的道路，喧哗的加油站又一次安静了下来。

<h2 style="text-align:center">四</h2>

　　汽车停靠在终点站的时候，已是黄昏日落。我抬头望了望昏黄的天空，温暖的光线正簇拥着这座与我久别重逢的城市。下车的乘客纷纷挂起甜蜜的微笑，我闭上双眼，平复好心情，依稀听见这么一句话：终于回家了。

　　我拖着行李往外走，汽车的鸣笛声响彻了整条大街。我忘了从离家到现在究竟有多长的时光，而我的那些所见所闻，也不足以让我像回家一般温暖心窝。抬头的时候看见了母亲的身影，她胖了，挥手的动作也开始变得有些迟缓。

　　她问，累吗？

　　我说，不累，我坐的是第一班车，可还是要那么久才到站。

她说，不一定要第一班车，知道回来就好。

我借用了哥哥的一句话，说那样可以待在家里更久一些。

一场旅行终究会有结束的时候，我发现家才是最温暖的港湾，将所有的记忆拼凑在一起，与家人一起的画面却填补了大片空白。好在如今我已回到家，好像什么事情都没有发生过一样，我依旧孩子般牵着母亲的手过马路。

浮生若梦

茫茫的雾气遮挡了天上仅有的一丝光线，刺骨的冷风穿梭在城市的每一处角落，我们轻轻地关上窗，躺在床上捂着被子，仿佛要经历一场漫长的冬眠。

这个冬天才刚刚开始，我便怀念起盛夏的阳光。

苍翠的森林里，璀璨的阳光渗透在茂密的枝叶中间，从绿树的罅隙里投射而来，稀稀疏疏，零零散散，我们奔跑在这里，风中响彻了天真的笑声，好像每走一步都能踩响那个夏天的落叶。蝉叫声还缭绕在耳边，远处紫荆树上的花瓣沿着时光的阶梯垂落而下，我想那应该是盛夏最美

的时刻。

记忆从脑海的最深处迤逦而来，带来触动心弦的感动与晶莹的泪水。我从来都不是一个矫情的人，但不知道为何，此刻的我多么想找回在时光隧道丢失的日子，悬在树干上的秋千、色彩斑斓的画纸和笔迹稚嫩的信件……为此，每次假期回家我都会回去行走在大街小巷，翻看旧日里的日记。而后恍然发现在物是人非的角落里，我们已无处寻找有关年少所有的一切，唯有回忆。

渐渐地，我发现自己喜欢通过遐想来回忆，喜欢对着简单的风景进行一段美妙的遐思，赋予生命的气息，仿佛只有这样才不会感觉到一丝孤寂。

每一次背对阳光，看着地上自己被阳光拖得长长的影子，与路人的身影交织在一起，然后迅速分开。很多时候，时光就是这样匆匆走过，我们无从感知，却在回眸时无意瞧见了安放在墙壁上的钟表，时针与分针的位置发生了改变。

浮生若梦，人生就像梦一般，流向没有尽头的远方。

想起孩童时期的冬天，伸手依旧触及不到稀稀疏疏的阳光。但不知道为何，瘦小的我居然能够在冷风中只穿一件单薄的 T 恤，在狭小的院子里奔跑。

茫茫的雾气渐渐退去，翠绿的叶子上还泛着晶莹的露水，风一吹，它便划开一道浅显的痕迹滴落在冰冷的地上。母亲身穿一件厚厚的羽绒服收回栏杆上的衣服，一边还为衣服未干而摇头叹气。我笑笑，告诉她雾气已退，衣服再多晾一天就会干了。

母亲转过身，见我衣着单薄，脸色一变，二话不说便追着我往屋内跑。我不听话，在不大的屋子里东躲西藏，但始终还是不及母亲灵活，她一把把我揪住，立马给我穿上毛衣和肥大的外套，嘴里还不停地唠叨着。

我吐了吐舌头，俏皮地一个转身，跑到小巷里溜达。

我想每个人在孩童时期都有调皮的时候，都有让父母操心的时候。对于这一点，我们当时并没有太多的在意，像顽皮的猴子，终日肆无忌惮地将父母的关爱抛诸脑后，直到长大后我们才真正理解父母对子女的疼爱。

因为自己顽皮捣蛋的缘故，时常不是扭伤了脚，就是擦伤了手臂，再者就连衣服擦破也是常事。母亲对此先是愤愤然地教训我一顿，然后她还是按捺不住那颗疼爱我的心，小心翼翼地拿来跌打药，温柔地为我擦药，还常常给我补衣服，一针一线，灯光之下，仿佛时间过得不紧不慢。那时候我咧着嘴笑她这样才像个好母亲，母亲听后眉头松开，嘴角微微上扬，也学着我孩子般的模样咧着嘴笑道，你怎么样也不像个好孩子。

之后，我依旧不安分地跑上跑下，像是在时光机上乱窜而又不愿长大。只是这些，时光从来都不允许，长大后的我虽然稍显安分听话，但每次放学回家，我都会像孩子一样往厨房里跑，看到好吃的食物连手都没洗便迅速地取上一块往嘴里扔。

母亲嗔怒，说，你就像长不大的孩子。

我笑笑，说，那岂不是很可爱？其实很多时候我都懂，我们可以永远像个孩子，但我们永远不可能是孩子。趁母亲尚未老去，我更希望能在她面前永久地像个孩子一样，天真无邪，而天地，也为我们不荒不老。

十四岁那年，因为某篇文章在报刊上发表的缘故，各地读者的来信便纷至沓来。那时候隔三岔五，校门口的门卫把信送来我们班，一封封浅色的信封传递在我手中，心中暗自窃喜。有些好奇的同学会用异样的目光打量着我，笑道，交女朋友了？我无奈地摇头。

但他们始终收不回好奇的心，纠缠着我一定要给他们看信里面的内容才甘心，话语落地，我只好迈开脚步，跑得远远的躲开他们的视线。所以很多时候，我都是在明媚的午后日光下，靠在树荫下细心地阅读这些来信。

信纸的图案各异,清晰的划线上是一行又一行稍显稚嫩的笔迹,但里面的内容都让我真心感动,哪怕只有短短的几句问候语。记得那时发表的是一篇叫《时间》的小散文,读者的来信很大一部分也是针对"时间"这一话题,如同用尽一生所感悟出来的小时光。

"我们总有太多的来不及,我们总以为时间会等我们,容许我们从头再来,弥补缺陷。"

"流逝的时间比水流失得还要快,所以想做的事情就一定要努力去实现,人这一辈子,至少自己要对得起自己。"

"其实时间是最可恨的东西,因为它在加深一切的时候,同时也冲淡了一切。比如,在加深仇恨时,也冲淡了友善,我不知道是应该赞美时间的公证,还是痛恨时间的可恨,因为时间可以使万物成长,也能催使万物凋零。"

…………

直至现在,我还依稀记得这么几句话。我从来没有回过一封信,也从来没有想回信的念头。我觉得有些事情用心去感受,比起大步走个形式要实在得多,它们会让我想起那些徜徉在时光机上的往事,想起正在行走的影子,甚至还有未知的未来。

然而,我想多年后再来重温一番我们的故事,相信除了脚下盛开的花朵,清晰的脚印,沙滩上还有许许多多盛满开心,抑或难过的贝壳,捡拾起来,是如此的沉重。

忘记了是从什么时候开始,我开始习惯夜夜在台灯下写日记,以纪念从指缝间游走的时光。在不停轮转的四季里,我们匆匆成长,从萌芽,到生长,再到凋零。小森拍了拍我的肩膀,笑笑说,往事不能成追忆,而未来我们无从知道,那么就活在当下吧。

其实我懂他的意思,人生如梦幻,我们都只是梦境里的一片浮云。我曾幻想过自己是一只飞流直上的雄鹰,张开矫健的翅膀,盘旋在宽阔的天地之间。然而,脑子清醒的时候看见一只幼小的雏鸟踌躇在狭小的鸟巢里,鸟妈妈叼来一只小虫往它的嘴里塞,雏鸟津津有味地吃了起来。那一刻明白,即使做一只矫健的雄鹰,在翱翔之后又得到什么呢? 除了片刻的满足感,剩下的就只有孤寂和空荡荡的印迹。

那个夏天,为了体验不一样的生活,我们三五成群结伴来到了乡下,亲眼看见了乡下的农民们手拿铲子疏松土壤,有的担着一桶又一桶的水,很费力地往田里洒去。而他们的小孩呢,迈着脚步尾随父母的身后干着同样的体力活,一点儿也不怕劳累,有的也弯下腰,细心地插起秧来。忙完活后,小孩会为父母捶捶背,大人们也同样会给孩子们按按摩,他们的日子就是这样简单而纯粹,日复一日,年复一年。

累的时候,我们躺在小溪旁边的草地上,倾听水声,任由风吹。清澈的溪水中间立着一块石头,流水撞上那块石头便浅浅地散开,沉淀在水底的鹅卵石清晰可见,倘若从远处望去,溪流就像是一条明显迂回的划痕,你无从想象它从哪里来,又要到哪里去。

而我终究还是选择静静地一个人栖息在一旁,视线充盈着湛蓝的色彩,瞳孔漫过一季又一季的云,顿时思绪万千。闲暇的他们喜欢打闹,在溪边泼起水来,喧哗的声音在寂静的世界里变成"咚咚"的声响,很轻。

我对小森说,如果人的一生有一条走不完的路,我希望能忽视转动的时间,停下来欣赏路边的风景。

那时候小森说了什么,我已想不起来,只知道时间其实很长,而风景甚短,如同现今的冬天,阳光会冲破阴霾重现在大地之上,我们会脱下肥大的外衣,换一身休闲的短袖。

母亲打来电话,提醒我记得天冷要增添衣服,我抽了抽鼻子,捂紧被子,应声答是。恍惚明白,不管我们走到哪里,多大了,在父母的眼中都只不过是那个流着鼻涕,咧着嘴傻笑的小孩,即便岁月已经给他们增添了些许白发。

时光路上的少年们，与其匆忙地赶过一站又一站，不如偶尔停下脚步回眸彼岸上等待或祝福你的人，那挂在他们眼角的泪水，一定是最真诚的。

时间还长，梦境还在。

青春走过

十四岁那年，我走进了初中，一如走进我的青春，何时开始，青春离我是那么的近，又是那么的遥远，近得伸手就可以紧紧地握住，远得即使在你的眼前，你也触摸不到。

一

繁杂的记忆是从哪儿开始的，我意识到脑海中在慢慢地积累着琐碎的事物。一个眼神，一个动作，或是一句话，我都会感到开心或是忧伤。它们积少成多，犹如窗外朴实的泥土上的风沙，久久地为我的记忆蒙上一层厚厚的尘埃。

谁也不知道,尘埃的出现会带来些什么改变。而我,只想着远远地抛开它,却怎么也抛不掉。

烦恼,压力。它们无情地吞噬我幼小的心灵,试图让我抛弃原有的童真,我没有办法,最后只有与童年挥手告别。

是谁告诉了我,这一切的一切并非有谁在有意破坏,而是命中注定的一个过度,好好地想想,那叫什么?

远处吹来的一阵风,它说:那叫青春。

二

青春,是什么?手里的笔尖在白色的纸张上丈量着。

我不懂得什么叫青春,它是一个让人摸不着头脑的名词。原以为我会一直天真地活下去,一直生活在父母温暖的怀抱里。快乐的时候,父母为我用相机照下每一刻的美好;伤心的时候,父母又为我擦拭流下的泪水,然后轻轻地抚摸着我的头说:"不哭不哭。"

但时间终究要过去,十四岁后,我第一次在课本上接触到"青春"二字,这个陌生又必须了解的名词。我知道,所谓的童年真的一如云烟般消去,不知道什么时候,我们又会与这个"青春"告别。

让我好好地想想生活中具体的青春。它是一个我们摔倒时,要懂得自己站立的动作;是一个我们兴奋时,会懂得为自己喝彩的声响;是一个我们挫败时,得自己面对和解决的行为……也许,这时候就这么随便来定义青春未免过早了,事实上,从十四岁到现在,我仍然正值青春。

那个时候我被烦恼、压力之类的东西压抑太久了,以至于我常在想着,会不会有哪天,我挣脱了琐碎生活这个庞大的铁笼,站在人烟稀少的

天堂里好好地呼吸四周清新的空气呢？但我所说的天堂不是先人去过的天堂，而是放下手里的烦恼与压力时，到哪里哪里的风景都是天堂。

先前，我知道自己没有那个机会，因为我已经被固定在"应试教育"的框架里太久了，以至于我不懂得如何去享受生活。坐在桌子旁，对着的总是密密麻麻的文字。

那时候，我有很多很多的想法，或者说是疑问更贴切。为何某人会这样，为何某物会那样。我不知道，按道理说谁也无法知道，但唯一可以说的，那就叫青春啊。

三

不知从哪冒出来的念头，我把童年和青春都看作一个狭隘的季节。

当然，很多人都说过青春有着或多或少的烦恼与压力，但更多的是在这个花季所绽放的花朵的馨香，轻轻地闻一闻，沁人心脾。但青春依旧被我局限在狭隘的概念里，或许是因为我把它想象得太过于残酷，它会一如冬天的寒冷。也因此，我所看到的是布满阴霾的季节，酷热、寒冷，纵横交错。

我的一位好朋友，看我木讷的样子便跑过来问我原因，我一五一十地告诉了他。

谁知他对我笑了笑，笑我的无知。然后，他告诉我，青春是你愿意漫长它就漫长、愿意短暂它就会短暂的过程，没有人能够定义得了。

他的解释让我陷入沉思当中……

青春就像一条漫长的路，我们在这条路上走一步，遇到了从未见过的事物，再走一步又会如何呢？这不是我激励过很多人的话吗？原来，我是一个能医人却不能自医的"医生"，普普通通的"病痛"，发生在自己的身上都变成了"疑难杂症"。

我试想着,既然青春难以捉摸,难以定义,为何不心怀一份"既来之,则安之"的心态呢? 事实上,青春走过,我们没有办法阻挡,也不知道会遇到什么。如果我们因为一时的冲动而埋怨它什么,那么我们只会落入一片无边无际的汪洋中,那岂不是自讨苦吃?

四

这也是我说过很多次的话了:高考后,我卸下"应试教育"的铠甲,一如卸下多年的桎梏。

那一刻,我才真正懂得青春可以如此轻松地面对。对于青春走过的痕迹,我可以想到一切美好的事物。比如凉风,比如微光,比如涟漪……但那都不再重要,重要的是我第一次真实地站在青春的肩上,我为我狂。

现在,我依旧会感到烦恼、压力,但更多的是感受到盛开的花儿的馨香。一句熟悉的广告语是怎么说的:酸酸甜甜就是我。对着青春,我可以什么也不用想,因为我就是青春。

也终于,我明白了青春本来就不该只属于烦恼与压力,让人处于无谓空想而不能自拔。它也不只属于低幼的童话。青春需要的不是一个活在大人脚下的影子,而是一个独立的人,在人生的道路上渐行渐远,渐渐成长……

青春走过,带着我们走过,你发现了吗?

捡拾高三里的青春

高三的日子,如同过往的风景,稍纵即逝。告别了那段执笔奋战的岁月,回忆起当时的点点滴滴,我们在高三挥洒过的青春记忆不断清晰。记忆扑面而来,它们带给我最初的印象是忙碌。

天气由热到冷,由冷到热,我们在弥漫着书香气息的季节里忙碌着:每节课我们都会忙着记笔记和复习,每个晚上我们都在忙着做试卷和习题,每个月底我们都会在测试的小考中忙碌。那些忙碌的日子所带给我的既有充实的欣喜,又有备受压力的惆怅,导致我夜夜难眠,从而早上常常会迟到。

那时候,老师说:"高三了,要抓紧时间学习。"父母说:"高三了,好好学习,考个好大学。"其实,已经高三的我们,有谁不知道高考的重要性呢?

可是那天,我又迟到了。

当我急匆匆地跑到教学楼时,早读声已经四处飘扬。转过楼梯拐角处,我已看见了班主任,他的眼睛里射来一道犀利的目光,我透过鼻梁上的眼镜，看见那道犀利的目光向我直射而来，似乎专门在等着"捕捉"像我一样迟到的学生。我无奈地低下了头，缓缓地走近，不敢看他脸上的表情，经常迟到的我怎么会有脸抬头看他呢？我听见他一声有气无力的叹气，说："唉！怎么今天又迟到了？"我摇摇头，沉默不语。因为我无话可说，在那之前我已经保证过了许多次不再迟到，可最终总是无法做到。那一次，他让我站在走廊上，直到早读结束后才让我进教室。

高三的教室在四楼，我站在栏杆旁，低头望着下面的花草树木发呆。记得高二的时候，我们总是会被楼上师兄师姐们的读书声吸引着抬头望去，每当听到那琅琅的读书声，我都会暗暗地对自己说，以后高三了，我也要像他们那样放声朗读。可当我步入高三，同样是在这一层，同样有着琅琅的读书声，我却发现自己已经没有了高二时的那份渴望与憧憬。因为高三的压力，我们终于体会到了。

有一段时间我很讨厌上数学课。在那些近乎相似的三角函数公式里，我总是摸不着头脑，一次次地混淆、出错。老师时常让我们背诵那些定理，他笑着告诉我们，等到高考那天，同学们就会发现原来数学也是要背的。

一次上数学课，老师讲立体几何题。试卷上是我早已熟悉不过的题目和图形，看着老师仅把其中的一个条件变化了一下，我就又一次陷入了百思不得其解的困境之中。老师在讲台上细心地讲着，循循善诱，从已知的条件出发，结合图形，一点一点地分析……当老师写完最后一笔的时候，我恍然大悟，这不就是 ×× 定理下几个公式结合起来的解答步骤吗！为何我在开始时想不到呢？

高三就是那样，我们行走在崎岖的道路上，旁边的风景简单而又纷乱。

课余闲暇时，我们不再像过去那样穿梭在走廊上，而是静下心来畅谈未来，希望能在剩余不多的高三生活里记住彼此的话语，比如"将来

怎么样""以后上大学怎么样"或是"高考后我们要如何"等这些简单却刻骨铭心的对白。类似的话题在作文里也写过不少，却一直未从我们质朴而真诚的话语里道出，那时大家却都会说上几句，只有这样，大家的心才会踏实一些，现在我发觉自己还能记起当时我们交谈的部分内容，不得不感慨：高三，远了；青春，也真的远了。

高三不是人生的终点，而是梦想的起点。

在复习接近尾声的时候，我们决定在班里举办一个轻松的派对。在举行派对之前，班长向任课老师们发了邀请函，并和班委们去买了零食。举行派对那天，同学们和接到邀请函的老师们都来了。大家齐聚一堂，虽然没有彩带和气球，没有蜡烛和香槟，但我们有欢声笑语，有温馨的祝福，加上几个彩色的蛋糕，我们的派对简单而又难忘。

高三让我们难忘的不仅仅是学习的压力，更多的是我们身后那道温暖的阳光。

高考结束的那天，阳光很是灿烂。我回到了教学楼四楼，一切都是那样熟悉，蓦然间，我发现，在那段交织着泪与汗的岁月里，我们忽略了那难言可贵的青春。很庆幸，我终究明白了，我们的青春曾经在那里挥洒过。

梦想跟羽毛一样飘飞

我看见了一片小小的羽毛

仿佛看到了我的　梦想

我想说　你为何如此缥缈

我试着想捉摸你的影子

可你越飘越远，直至从我的视线消失

或许是一种习惯，连我也不知道从何时开始的习惯，让我总喜欢对着简简单单的事物进行一次美妙的遐想。先前，我的视线开始注视着窗口般大小的风景，哪怕只有一滴雨，一片落叶，一只小鸟，都可以打破原有的乏味，然后直接化为我笔下的文字。一篇、两篇、三篇……就这样日记本上开始出现了密密麻麻的文字，越写越厚……

尽管如此，但窗口般大小的风景毕竟还是太过于狭小了，永远比不上外面蓝天下的风景。带着这样的想法，我并没有立刻跑出门去体会，而是走上阳台，舒展有些疲惫的身子，放松紧张的头脑。我想着，再等一

会儿,再等一会儿我休息完了就马上跑出去,休息的同时什么也不敢去想,把剩下的思力留给远方的风景。那么我的视线自然而然就只有蓝蓝的天,虽然天蓝得让人有想要紧紧拥抱住的冲动,但蓝天与我相距还是太遥远了。

忽而,一片小小的羽毛从天边降落,缓缓地对着我的头顶飘落了下来。

起初,我以为那是一朵小小的白云,是从白茫茫的一片中挣脱下来的,让我不由得伸出手去接住,看清了,才知道那只是一小片白色的羽毛。从远处到近处望去,羽毛依旧是那么的轻盈、缥缈,它不像物理学上的物体做自由落体运动,直直地落下;也不像雄鹰的翅膀,无论从哪看都有着搏风击雨的冲劲。它就是轻盈的、缥缈的,仿佛四周的空气在轻轻地托起它的腰间,欲落欲飘。

好一片羽毛啊,白色的羽毛,打破我原有的思绪。我这样想着,羽毛或喜或忧我是不知道,但我自己却为这小小的羽毛感到欣喜,它像我失眠时的一首摇篮曲,带我沉入甜甜的梦乡。

羽毛越飘越下,恰好落在了我伸出的手掌上。对视着它,我分明感觉到手里的它没有一丝重量,那是缥缈的轻,轻得会让你生怕这一秒还在,下一秒也许就不知道会随着微风飘去哪儿。我把它放在我的眼前,一时间,它比我想象当中的白了些许,雪一样的白,白得透亮。惊讶于这样"神奇"的白,我紧紧地握住。

它怎么会突然就从天上飘来? 又是从天上的哪个方向飘来的?

我抬起了头,望了许久也看不到鸟儿飞过的痕迹,天空除了蓝天与白云就什么也没有了。

它会是哪只鸟儿身上的羽毛,随风飘来的? 一定是。

风? 飘?

我想到的就是梦想。

梦想,那又是什么? 双眼望着手中的羽毛思索着。梦想是我们可望而不可即的幻觉? 是我们常常挂在嘴边的,总让我们觉得只有一步之遥,而事实上却离我们很遥远的憧憬? 或许,梦想是我们渴求,但又需要我们去领取的东西,它就宛如我手中的羽毛一样缥缈。我多么希望梦想就是我手里的羽毛,在我不经意时飘落在我的眼前。

事实上,曾经有谁告诉过我羽毛就是梦想的化身。在我们看来,羽毛只是一片小而普通的羽毛,然而,在鸟儿身上,它就是承载着鸟儿飞向远方的梦想,一个可以实现的梦想。不是吗?

梦想就跟羽毛一样缥缈。我已习惯仰望天空,仰望自己的梦想。有时候我的梦想就像屏幕上的画面,一次又一次呈现在我的眼前却怎么握也握不住,撒手它就慢慢地消失。那样的感觉你可曾感受过? 犹如在荒无人烟的沙漠里渴求一杯清水,在闷热的夏天里期盼一阵凉风,在咽下苦药时想要一粒糖果。或许,渴求梦想的期盼远比渴求清水、凉风、糖果要辛苦。或许,对于我们,梦想仅仅只能是一种期盼。

我梦想着成为一名作家,对于这样的梦想就是一个期盼的过程。我曾无数次地想象自己会坐在书桌前,轻松地写下一篇又一篇的作品。我也曾无数次地想象过自己贴在墙上一页一页地翻开自己出版的书籍。然而在我开始执笔写下第一篇文学作品时,我感到一种从未有过的迷茫。我依稀感觉到自己笔下的文字是多么乏味与空洞,也因为这样而一次次地放弃过。直到后来,在有感而来的笔下越写越满意,即使离我的梦想还有好一段距离,然而这样的进步已成了支撑着我继续写下去的信念。

似乎是一时的冲动,让我选择了散文这样的文体。是在阅读过不少名家散文后,对散文由衷地产生了一种莫名的喜爱。不得不说的是,我曾撕下不少作文纸,紧紧地揉成一团,狠狠地朝着窗口的方向扔去。我也曾一天天地期待自己投出去的稿件哪一天会被录用。然而在一篇接

一篇的杳无音信过后,我意识到了书写散文的难度,然而就因为这一个"难度",我就知道自己不是需要什么,而是需要用坦然的心态去面对每一次写作。于是,我坚决一边坦然地写,一边坦然地期盼梦想的到来。

后来,我终于写下了第一篇让自己感到满意的文学作品,在临近高考的时候,我发给了老师看,就在老师也说很满意时,我的内心已沉浸在喜悦当中。之后,我用那篇作品通过审核加入了一家文学社。我便把文学社作为我梦想的起点,现在要做的就是朝着我的梦想前进。

梦想跟羽毛一样缥缈,我轻轻地放开双手,将白色的羽毛搁置在阳台上,任由微风将它吹走,飘飞,一如我的梦想一样越飞越高。

一路洗礼

所谓拥有悠扬、自在的,不仅仅是那停靠在枝头上低吟浅唱着的鸟儿。一路走来,卸下烦恼的我们,带着些许懵懂的期待,带着一份童真,同样能感受到那份自在,因为我们正一路洗礼着……

——题记

轻轻地叹了口气,举起手来摇数着手指,一、二、三……这是第几次来到深圳了。我眨了眨眼,表示让自己清醒清醒。由于一路平稳的路程,让我在睡梦中忘却了欣赏高速公路两旁的风景,以及呼吸山水间清盈的气息。当我醒来时,车子早已停靠在车站了。我慢慢地走下车,抬头望天,原以为自己首先看到的会是那不着痕迹的蓝,以至于转换自己恍惚不定的遐思。然而不是,所谓的蓝天回倒着的是母亲唠叨时的身影,一时间,我为自己发了一声冷笑。

环顾四周,在人来人往的道路上,我远远地看到了带着两位表弟的阿姨,他们站在路旁等待我的到来,四处张望着,他们怎么也看不到我,就连我挥手示意,他们的视线仍落在别处。我一边自言自语地笑话他们,一边蹦蹦跳跳地跑到他们跟前。

惊讶于我的突然出现,阿姨笑着说:"啊,我以为你还未到。"

我也笑了笑,说:"是啊。"说完,我的目光便移向了两位表弟,以示友好,他们挂着一张可爱的笑脸,喊了我一声"哥"。

接着,我们打了一辆的士,去阿姨的家。一路上,四处的高楼大厦,我还没来得及看,大好的精神还没有完全清醒,奇怪的是,我竟觉得有些饿。阿姨似乎看出了什么,只是一边偷笑着,一边说:"快到家了。"而我只是笑着点点头。

晚饭吃下去没过多久,小表弟就开始不安分地绕着屋子跑来跑去,毕竟还是个小孩。阿姨正给这不听话的小孩训话时,他反而抢过了阿姨的话,喊了一句"我们到莲花山散步吧"。

散步?

这是遗忘了多久的名词呢? 这还是先前一直出现在我笔下的文字,却因为所谓的"忙碌"而忘却了如此松快的字样。惊讶于小表弟突如其来的话语,我高兴地点点头。

一

夜色的淡季开始覆盖着城市的浮华，走在莲花山的山间小路上，每一步都是享受。比如走在树的两旁用鹅卵石铺就的走道上，带来的是舒适的乐感；比如远处一座座落得只有黑影的山峰，带来的是重湖叠巘（yǎn）的幻影。那一切都宛如重重叠叠的画面，扣动着路人凌乱的思绪。

随着脚步的迈进，我们渐渐远离了城市闪亮的灯光，换来的是小路两旁泛黄的灯火。虽然那不怎么明亮，但人们并没有太多去注意，我想，应该是灯火为人们拭去了内心的浮躁。因为他们低下头看着自己被灯火越拉越长的影子时，脸上挂着的是清澈的笑容。被灯火照耀的影子不仅仅是行走着的路人，还有树。低下头看去，树影已经直直地躺在地面，仿佛成了一条条黑色的斑马线，天真的小表弟还不停地踩着树影，乐呵呵地说："踩不到。"

因为小表弟的活泼乱动，我差点忘却了欣赏一路的风景。透过风声，我慢慢地转换视角，仰望星空。有了星星点缀的夜空，显得格外美丽，虽看不见浮浮沉沉的云朵，但月光照耀下的闪星直浸入眼角，犹如阳光般退去心中的阴霾。这是只有山间散步时才能看得到的景致？还是因为此刻悠闲自在的心态而产生的错觉？或许是，或许不是。

再看看路边的花草吧。由于灯火的亮度不够，即使走近了，我也只能看见那隐约伫立着的影子，和闻到花儿散发的馨香，究竟草长得有多高，花开得有多美丽，那也只能落入自己的遐想中了。

正当我思考着下一个视角着落的地方时，小表弟跑了过来，小声地对我说："我们安静下来，听听……"随着他的意，我静下心来倾听。都是树梢上蝉声打破了四周的沉闷的氛围，我很清楚地知道那不是音乐，但此刻的声音却蕴含了音乐的旋律，就像平静的湖水，只需微微地一指，就能溅起美妙的涟漪。

我们一路前进，摸索着蝉声的来源。不一会儿，我才意识到，原来与我们同行的不仅仅是白领，学生，小孩，还有一群打着"青春"旗号的老人。我看到她们在山间的空地上整齐地排着队伍，一个老人跺着脚走过去按了一下录音机的按钮，录音机便响起了带着古典风味的歌曲。而老人们也开始慢摇。初以为她们跳着所谓的太极舞，但看清了发现那是我从未见过的舞姿，是老人们自创的歌舞吧，即使自己已不再年轻，却同样有着年轻人的思想，那就是活要活得精彩。现在的老人大多都只是蹲在家里闲着，完全荒废了自己原有的生活。惊讶于她们的行为，我不禁为之一笑。

在这里可以看到的当然不止如此，还有一对对脸上写着甜蜜的情侣们。他们坐在树下的石椅上，为彼此擦去脸上的汗水。我是一名学生，尚未懂得他人口中的爱情，但我依旧明白，他们不是梁山伯与祝英台，可以化蝶一同飞往天边；他们也不是牛郎织女，可以在七夕的晚上踏上鹊桥相会。但他们要比梁山伯与祝英台或是牛郎织女幸福多了，因为在他们身上，我怎么也看不到爱情的桎梏。

莲花山间，确实还有很多很多幸福的人群。我喜欢这样的氛围，喜欢看着他们脸上的喜悦，就像在微分吹拂下，品尝着甘甜的泉水，清净，凉爽。我想，无论是他们还是我们，都一样懂得在浮华和忙碌之中寻找"半日清闲"的恬静。

二

一路的凉风，一路的洗礼。

再一次抬起头时，我们欣喜地发现自己已到达山顶了。我轻揉着自己的眼睛，又是一番别样的风景啊，城市闪亮的霓虹灯再一次华丽地呈

现在我们眼前，仿佛伸手就能握住那五光十色的灯光。

走到山顶毕竟消耗了一定的体力，我们正寻找着可以歇脚的石椅，可惜来往的人群实在太多了，他们或多或少是冲着这般夜色及微风而来的。小表弟拉着我的手，说："看，他们很高兴。"

于是，我再一次回望他们的笑脸。终于，我明白了何为生活。十八个春秋里，我说过太多太多有关"生活"的话题了，但那些都被我复杂化了。其实像他们：大人们给自己的小孩讲述着当年的童话，小孩们给自己的爷爷奶奶唱着他们刚学会的儿歌，一家人挥着手指，勾勒着城市最美的传说，那不就是生活吗？一句话，一个动作，或是一个微笑，那就已经足够了，足以让所有人投去羡慕的目光了。

我把视线连同脚步一起移向了另一边。放眼望去，黑夜为这城市披上了华丽的衣裳，因为黑夜，城市的建筑上才有了闪亮着的灯火。或许我们没有意识到，眼看着夜景点缀下一栋接一栋的高楼大厦。然而，小表弟似乎看出了我的心思，他又拉着我的手，好奇地问："城市，真的有那么好看吗？"

城市，真的有那么好看吗？我笑了笑，抚摸着他可爱的脑袋，然后指着山顶下的城市，说："你看，城市的建筑虽然也是那样，看上去没怎么变过。但确实是变了，而且变的是我们欣赏风景时的心情。"小表弟没有继续问我，只是自己在发笑。我知道他还小，听不懂我所说的话，但试问，又有多少人能真正听懂我的话呢？或许就连我自己还在摸索着自己的视角和对城市的情感。

莲花山确实是一个能很好地享受风景的地方。我侧过身子，看到了一个小孩，同样用稚嫩的手指指着城市的中心，说着什么，然后兴奋地一个转身，扑倒在他妈妈的怀里。这一次，我听到了他的话，而且很清晰。他说："妈妈，城市很漂亮。"他的妈妈也笑着抚摸着他的脸。

从山顶俯视的城市可以带给人无数的遐想，哪怕是一个小孩，一句

"漂亮"就足以修饰隐藏在他心中的那座城市了。但是我又想，对于此时此刻此景，美丽，华丽，繁华……又怎么能修饰得了这样的城市呢？就像刚才说的，因为我们欣赏风景的心情改变了，所有才有了这样的感触。

人生就应该像这城市，无须用任何言语修饰，在走走停停的指针上，我们需要的是踏踏实实地一路行走，而且是笑着行走下去。

随手握住时光的倒影，一路洗礼，你感受到了吗？对着眼前的风景，我又笑了笑。

与你为邻

与你为邻，我不知道可以说些什么，但我知道，我的生活变得很充实。

——题记

人生就是这样，在单调的生活里永远没有任何色彩的点缀，也没有很甜蜜的记忆。或许会有那么一丝微笑正对着你，却也能够明显看到那不过是一张牵强的笑脸罢了。相反之下，生活里因为与你为邻，所以少

了一份寂寞，多了一份甜美。

风

　　风，一种熟为人知的自然风光，我选择把你放在文章的开头来说。因为你是我的生活里最不可缺少的一部分。在我看来，风不仅仅是自然对人类的一种表达，还是快乐的象征。风不会告诉你它什么时候来，什么时候走，与时间一样，来去匆匆。

　　但即使这样，我也总能感受到你的存在。你总会从四面八方飘来，或是掠过遥远的北方，飞往天空与白云，而后飘洒在南方。但是你不会停留太久，不是说你会飘回北方，而是一直徘徊于东西南北。也因为这样，我对你有了一种敬佩，你在告诉我，你不会像时间般一去不复返。

　　风，与你为邻让我意识到这是一种期盼，我想，这不仅仅只对我而言。不定向的你让人难以捉摸，即使他们知道你终究会来。而我，比别人更加需要你，需要你飘来，为我褪去一日的疲惫，吹走我一日的烦恼。渐渐地，我便从期盼转变成了一种奢求。

　　你又似一只精灵，风之精灵，让我甘愿一天又一天地等待。于是，在春天的时候，我希望你能在教室里为我带来温暖的气息；在夏天的时候，我希望你能在树荫下为我洗尽肩上的汗水……

雨

　　忽而心神恍惚，打开狭小的窗扇，才发现，外面下着小雨。我看到的除了雨，还有风。即使随风而下，雨还是很小很小。然而，我却喜欢这种细小的雨,因为它没有大雨下得让人落魄。

对我来说,雨是一种不能言尽的意象。你有时是"一蓑烟雨任平生"的阔达,有时是"闲敲棋子落灯花"的无奈,有时只是每个少年口里的思绪,又有时它什么都不是,你就是"雨"而已。

而我便是这样,当下起雨时,就喜欢坐在窗前,与你为邻,喜欢望着窗外的雨琢磨着你下落的方向。其实不然,我还把你视为生命里凉爽的一部分,与期盼风一样,希望微雨能够洗净我平日里枯燥的心情,为我带来一丝的凉意,仅此而已。然而,我却把这样的生活修饰为"诗意的"。

严格来说,有雨的生活不属于诗意的生活,但它有它所能表达的各种意象,给每个人的生活添加了缤纷的色彩,于是,我给它下了这样的定义。

此时的雨越下越大,渐渐地,雨偏离了原来的轨道,四处飘动,飘进了我的房间,落在了我的肩上。忽而,我才明白与你为邻的亲切,你不是冷漠地直撞我的肩膀,在飘进窗来的那一刻,你变得是那么的和蔼,缓缓地,也带着你的微笑,降落在我的肩上。也终于明白为何每当你来时,我那么喜欢坐在窗前静静地看着你。

是一种亲切的凉意,比雪还凉。

阳光

似乎是一种无知,让我把阳光放在了最末的地方。细想,不是因为我厌恶阳光,而是因为阳光总在风雨后。

在放晴的日子里,我悄悄地推开家门,跑到外头,与被雨滋润过的花草一起,去拥抱那一份美好。

阳光应该是属于最为自然的景色了,人们熟悉地将它作为希望的象征。

而雨后的阳光一如既往的灿烂与温暖,火红火红的太阳高高地挂在

天空中,照耀着每一片润土。曾几何时,我想对广阔的天空高呼:阳光,我喜欢与你为邻。雨后的你,没有夏天般炽烤着大地,没有冬天般匿藏在白云背后,久久不敢出来。这时候的你是一位慈祥的老人,抚摸着我们沉重的头,卸去我们身上的负重。

阳光,与你为邻不再是一种希望的寄托,更多的是真切的信任。如果说前方的路有四方,站在十字路口放眼望去,那么有你照耀着的一条一定是属于成功的捷径。

写到这里,感觉"自然"里包含了太多太多的元素,我择取了其中的"你",感觉又似乎是一种懵懂。因为与你为邻,我真正了解了多少?与你为邻,我又真正感受到了多少?是因为我在懵懂的氛围里才有了如此多的疑问?我只知道,大自然里还有无数个"你"在等待着我与"你"为邻,是"你"为我的生活又增添了一道亮丽的风景。那么与你为邻还有多少疑问呢?就让以后的生活回答去吧!

偷得浮生半日闲

一到假期,我便会向往那诗意般的生活。喜欢在早晨的时候打开窗户,贪婪地拥抱阳光的温暖;喜欢在淅淅沥沥的雨下,独撑绿伞,行走在绿林道上;又喜欢在开心时对着天空高歌一曲,任那旋律随云飘浮。因为,我总喜欢悠闲。

山林的洗礼

雨后,我便漫步于山脚下。天公似乎不作美,虽停了雨,可放眼望去,黑云总压着天空,停留在天边上遮挡明媚的阳光。尽管如此,却丝毫掩盖不了雨后山林的美景。而直入眼帘的,又先总是那繁茂的绿杨。

虽然我一心想要欣赏镶嵌在绿叶片上的露珠,但却没有多少精细的洞察力看穿绿叶群中那些夹杂着的泛黄的叶片,只知道黄叶已黄,正弯着腰,似乎在低声啜泣的同时又在等待着什么。于是,我心想,它们是在等待微风过往,自己可以"化作春泥更护花"?是在等待下一次春雨的来临,落在湿润的土壤里"润物细无声"?或许什么都不是,它们只是在为自己曾为这山林衬一份芬芳而喜悦……

在山间小路上,我选择散步这种闲暇的方式。而山林泥泞的小路上长满了各种各样的花朵,每每走过,我都会停下脚步轻闻这些花儿的馨香。但可惜的是,在花丛里始终找不到菊花的踪影,我便因此而无法享受到陶潜"采菊东篱下,悠然见南山"的恬静了。

山林里每天都会有或多或少的人到这来回穿梭,我继续着我的旅程,眼看他们有的停靠在树荫下窃窃私语;有的卧在大石头上仰望天空;有的罗列出画具欲勾勒山林的一草一木……在我看来,他们是一群懂得悠闲的"诗人",是越过繁华的城市,抛开紧凑的节奏而到这儿栖息的。

"你来了?"

隐隐约约从我的脑后传来了这么一句熟悉的声音。

　　转过头来，原来是已退休的张伯伯，正坐在石椅上，手拿报纸，挥洒着凉风，露着亲切的笑脸。

　　我走近了，笑着回答："是啊，张伯伯也来了啊。"

　　"嗯。"

　　"走，我们到那边的小湖上吧。"张伯伯站起了身子，指着小湖的方向如是说。

　　"好。"

　　山林的湖水我早已见过，整个山林就属那儿的微风最凉爽，湖水清澈且浅，即使站在山顶上俯视湖水，也看得见水底的石子，但就没有自在游着的鱼儿。

　　因为张伯伯那有些散慢的脚步，我们走了好一段时间才到。然而，我们却不想靠近湖水，因为这里竟飞来了许多小鸟，正拍着羽毛纤小的翅膀，时而绕在湖面上似一群少女跳着婀娜的舞姿；时而站在枝头低吟浅唱着；时而从枝头的一端飞往另一端，在半空中划开了一道美丽的弧线，形成了一道只有灰白的彩虹，点缀着四周的红橙黄绿……

　　我们庆幸能在此时此刻看到如此华丽的一幕，站在湖水远处，倾听这悦耳的鸟鸣，内心已是一种满足。

　　"走吧。"张伯伯拍拍我的肩膀，"我们不要去打扰它们了。"

　　我笑着点点头。在回头的时候，我特意看了看张伯伯嘴角的微笑。我知道，张伯伯已陶醉在这般美景里。在山林的洗礼下，鸟鸣已成了不可分割的一部分。而我，又何尝不是对此回味无穷呢？这样的感觉，不是陶潜采菊，却更胜"采菊"的享受。

　　乌云渐渐退去，天空渐渐露出原本的湛蓝，淡淡的，很美。

小巷的夜

夜晚，还是悄然而来。

从大街上看，整座城市又一次喧闹起来。大人们牵着小孩的手，行走在霓虹灯下，讲着曾经的童话。走了一天的路，我拖着有些疲惫的身躯回到了小巷。

小巷没有外面的城市繁杂，似乎永远都笼罩在安宁的氛围里。走到这里，我想起了余秋雨那句"依我看，夜晚的景色除了月亮，就是万家灯火"。确实如此，小巷里的灯火没有城市的霓虹灯那般耀眼，却比霓虹灯温暖多了。在这片景致里，到处都给人亲切感，只因为灯火照亮小巷的同时，映着每一户人家亲切的笑脸。站在小巷的中间，你虽然看不见远处高楼上的炊烟，但你可以看见东家的小孩在抬着凳子，围在饭桌前不安分地坐着；西家的母亲戴着手套，在厨房里洗着刚用完的饭碗；北家的大人们坐在电视机前，品尝着饭后的香茶……

这便是只有小巷才能领略到的风景吧。小巷里的笑声也掩盖了四周的苍凉，看着这里的一切，我丝毫没有一点的寂寞，反而觉得小巷的夜是安静的，却又是热闹的，给人亲切的同时又给人以无限的遐想。

回到了家，站在家的门口，回望小巷的背影，小巷的夜，多少个日子匆匆而过，我发现"悠闲"不再是新鲜的名词，它仅是人们生活里轻松的一小片段，夹在现实与虚拟之间。然后呢，我只轻轻地关上了门，什么也不想了……

偷得浮生半日闲，其实我已偷了一日的闲了。

雨伞旋转的流年

　　一把淡蓝色的雨伞,被轻轻托起,悠扬地旋转在半空中,伞下是一对其乐融融的母子。年幼的儿子不安分地蹦蹦跳跳,喜笑颜开;母亲撑着伞,时不时侧过脸看着身旁笑容可爱的儿子,此刻她的脸上也泛着快乐的微笑。氤氲的雨点斜向了两人渐行渐远的身影,滑落在他们肩上的雨滴仿佛墨色的笔尖上沾染的透明无瑕的颜料,勾勒出一幅淡然而温馨的素描。

　　行走在路上,我看到了这样一幅画面,细致而恬淡。那些被埋藏于心底的感动和温暖像极了遗落在汪洋上的碎片,漂洋过海,最终重新涌动而来。

　　记忆在恍惚间回到了年幼时代,一段段记忆的碎片仿佛一本黑白相间的画册,在微风过往的时光里一页一页地被翻开。总会有人不断地翻看,然后在回忆中将那些点点滴滴谙熟于心,试图想要伸手握住那逝去的旧日。

　　小时候,让母亲接送我上下学似乎是一种习惯。上学时,匆匆吃过早饭背起书包便笑嘻嘻地回过头对收拾着饭桌的母亲说走了;放学后,矮小的我喜欢站在最不引人注目的树荫下等待母亲的到来。母亲出门时总喜欢带上一把淡蓝色的雨伞，于是，只要我远远地看到一把淡蓝色的雨伞摇曳在半空中，我便知道母亲已经到来了。

我问母亲，淡蓝色代表着什么？母亲笑着抚摸着我的头，说代表着像天空一样的纯净。我抬起头望了望那不着痕迹的蓝天，想想也是。如果说母亲头顶上的雨伞是湛蓝的天空，那么母亲便是挂在天空上的一朵没有一丝浮躁的白云，轻悠而美丽。

后来，我看到了镌刻在伞骨里的道道岁月的痕迹才发现原来母亲撑着这把雨伞已经好久了，因为母亲的细心呵护，雨伞始终没有因岁月的磨合而老去。

阳光充裕的时候，母亲让我靠近些，缓步行走，用她不够宽广的肩膀以及雨伞为我腾出一小片阴凉的空隙。那时候，树梢上偶尔会传来知了的鸣叫声，虽然这般惬意的音律总能掀起童稚的心灵，可四处的热气让我原本已经燥热的心随着汗水一起溢出，于是我开始不安分地动弹，试图挥尽身上的汗水。此时，母亲笑着轻拍了下我的肩膀，说，越是动弹越是热。我无奈地叹了叹气，那要怎么办呢？母亲笑着将雨伞轻轻托起，双手灵活地在阳光下肆意地旋转。母亲说，这样就可以把热气转走了。我看着旋转在半空的雨伞，轻轻地点了点头。我不知道这样是否真的转走了热气，我只知道有那么一丝凉爽的微风裹挟着些许咸淡的汗水飘落在我的脸上。我依稀感觉到母亲的汗水和着风，装束着百感交集的温暖。那一刻，我开始安静了下来，安分地行走在母亲身旁。

下大雨的时候，地面溅起的水花总会打湿我的裤脚。这时候，母亲便会背起我，让我来撑伞，动作是那么的细腻与温和。我躺在母亲温暖的背上，听着淅淅沥沥的雨声，细数着母亲轻微的脚步。被雨水模糊了的街道上，我仿佛看到了身后一个个母亲踏过的足迹，隐约间写满了沉重和疲惫。此时，我学着母亲，将雨伞轻轻地托起，旋转起来。硕大的雨

水被旋转的雨伞狠狠地甩向四周,瞬间化作一朵朵雪花,四处飘散。我乐着说,妈妈,我把雨水甩走了就不会淋到您了。母亲笑着点点头。冰冷的雨点偏离了原来的轨迹,飘落在我的肩上,化作温暖的珍珠,珍珠里映射着母亲的背影。

这样一把简单的雨伞承载了我的童年,记叙着简单而美好的画面。每次回到家帮母亲收起那把雨伞,就好像收起那些行走的时光,然后默默地念记着要好好收藏。

后来,由于多日来的劳累,母亲病倒在床。每一次帮她拿药,她总是费力地做了一个浅笑,沉默不语。从母亲苍白的脸色看来,她病得不轻。几声被刻意压低的咳嗽声敲击着我的耳膜。从那开始,我独自一人上下学,在那一条每天和母亲不知走过多少遍的道路上,我总是走走停停,期盼着母亲会突然间从我身后冒出来,撑着伞,笑着牵起我的手,踱步行走。

那天放学,雨下得很大很大,天空灰蒙蒙的一片,显得沉重而可怕。校门口站满了黑压压的人群,他们都是等待着父母接送的学生。一个、两个、三个……站在某个角落里,我看到了一个个被带走的学生,他们紧贴着自己的父母,在父母和雨伞的庇护下缓步回家。看着这样的情景,泪水模糊了我的双眼,我开始害怕和焦急,我像是一个被遗弃的孩子,孤独而无助。

此时此刻,朦胧的视线里依稀出现了淡蓝的色彩。那熟悉的色彩在明亮的路灯下渐渐被放大,越来越清晰。那一刻我哭了,我看到了大病初愈的母亲拖着有些疲惫的身躯缓缓向我走来,挂着和蔼的微笑。我大步跑了过去,扑倒在母亲的怀里大声哭泣。母亲俯下身,温柔地抚摸着我,傻孩子,妈妈不是来了吗?

那一条我们熟悉得不能再熟悉的道路,因为雨大的关系,我们走了很久才回到家。回到家的时候,我们俩都成了落汤鸡,那把陪伴了母亲多年的雨伞也被折断了。因为在路上脚步不稳的时候,母亲急忙用伞撑地，结果就折断了。我为母亲那把伞感到可惜，可母亲则摇摇头，说旧的不去，新的不来。

后来，我看到了母亲新买了一把同样是淡蓝色的雨伞，可是那已经不是原来的那把了。我让母亲也为我买一把雨伞，原因是我已经长大了，想要以后都独自上下学。在母亲递给我一把红色的雨伞时，我笑脸嘻嘻地挥手，上学去。

阳光下，我撑起红色的雨伞，轻轻地旋转着。偶尔在恍惚间视线会划过淡蓝的影子，它正被温柔的双手轻轻托起，在半空中，转着，笑着。清醒的时候，阳光依旧很是灿烂，只是身旁已经没有母亲的陪伴。在之后的日子，一直固执地认为一路上四处会留下我成长的脚印。

而那一段雨伞旋转的流年，或许只需要好好收藏，不需要重新来过。

仅此，而已。

长思·春天

一个人在外面流浪的日子往往是一种半日清闲的享受，走在街道上的人们依旧挂着微笑，我早已熟悉这一切，所以四周留给我的并非是陌

生的感觉。有一种思念，即使是轻轻走过，那么一丝暖意也会让你感觉它是慢慢地向你靠近的。你也许不知道，那是它亲切地和你打招呼。

我想，你应该知道了，我思念的不是寒意未尽的冬末，而是这时候暖意徐来的初春。

这样的淡季，倘若有一阵微风从远处吹来，虽然冷风还剩些许，但春风已经在与冷风交头接耳，那熟悉的话语，仿佛春风在对着冷风说："这里先交给我吧！"然后，春风便带着一丝温暖，吹起缕缕青烟。

我抬起头来远远地望去，原本只剩下白茫茫的一片的天空，它在随着晨曦的光线一点一点地化开。然后，我看见了久违的阳光。此时，四周也因为阳光的照耀而越发富有生机。我知道了，这就是只有在春天才能够看到的、呼吸到的气息吧。

迎着春风，我的脚步在不听使唤地走向公园。我什么也没做，只蜷起身子，把自己深藏在花丛中，天真地以为这样笑着会让春天来寻找我的踪影，但这有可能吗？因为事实上，春天并不是单单属于谁或是属于某个地方。当我在等待春天的时候，春天早已把我们拥抱在它的怀里。不相信？那就看看四周吧，花儿们渐渐地绽放它们的色彩，红、黄、绿……即使颜色还是淡淡的，但它们妩媚的花瓣上，带着点点透明的露珠，点染着春天。

就因为这样，我分明看到了花儿们在风中歌舞时的笑脸，哪怕风再小，或者风停留的时间再少，它们也不愿放弃跳舞的机会，那些隐藏在淡淡的色彩背后的笑颜，仿佛在告诉我，它们就是春天的宠儿，谁也代替不了。我以为会有鸟儿飞来，为春天衬一份繁华，但还没见到它们的影子，春天已经开始繁华起来了。

一年下来就四个季节，每个季节停留的时间只有三个月罢了。数一数，从去年到现在，不过是九个月，然而，我却感觉到自己很久没有接触春天了，我不知道是不是由于孤寂，这个"时间"就比我想象中要长了。

回首过去，每当春天将要离去时，我便会挥手对它说明年再见，然后春天便留给我一个深刻的背影。而当春天真的又快要来时，我又会思索着春天的模样。记忆有些模糊，是谁在叨念着春天是花儿旋舞的季节，是微风吹过城市的温暖。它没有秋天的纷黄，但又不需要那样褶皱的纷黄，仅仅因为这个"没有"，春天便成了一个五彩缤纷的季节，不用知晓花落多少，一切就让它在无言中度过。

　　柔和的音律响起，我转过身来，原来是一群老人在耍着太极。轻柔的动作就像春天，优雅地来，优雅地去，让人可以从不同的角度去品味一番。此时，我想到的是"鸟语花香"这个熟为人知的成语。很久以前，我就遐想着"鸟语花香"的情景，从清晰的近处到望不见尽头的远方，花儿无处不在散发清香，鸟儿无时不在低吟浅唱。

　　在其他的季节里，有时候，我们也会看到"鸟语花香"的景象，但那不是我们所想要的，那不是春天时候的，散发的只是别的味道。有时候我在想，会不会是因为城市包裹着春天的气息，所以电线杆上鸟儿的歌声才会如此悦耳？要不然，一切都来得空洞。

　　曾经有人问我是不是最喜爱春天，我当时只是笑了笑，没有回答。其实，我是无言以对，我不知道自己是不是真的对春天有一份难言的眷念，如果有，那么那份眷念又有多深厚呢？到了现在，我依旧无法回答这看似简单的问题。或许我可以说，四个季节各有各的特点，无所谓喜爱不喜爱。又或许，我可以说，无论到了哪个季节，我都会忍不住仰头贪婪地呼吸那个季节的气息。

　　不得不说的一点，春天给我的是一种新鲜的感觉，诗中有云"春风又绿江南岸"，在我的字典里，"春"和"绿"都是寓意新的到来。我不能说很喜欢"新"字，但因为有了"新"，有了春天，我的生活才时时有劲，一切美好的事物在我看来都是永无止境的。

　　倘若站在新春门口回首过去，我便会意识到，这样的"新"终将会

成为"旧"。只是"新"与"旧"总在不断地来回穿梭,就像树枝上的叶子,黄了又绿,绿了又黄……

在过往的春天里我是如何对待的? 我没有祈求些什么,因为在一个平常的春天里,怀有一份没有欲望的思绪,反而会给予我更多美好的遐想。即使风吹那般简单,那也是一首暖暖的歌谣,一直唱到春天的尽头。到时候,它便会转换成另一种音色再一次吹进我的梦乡。

或许,待到春天过去时,我又会开始思念这春天。我真想伸过手去紧紧地握住春天,好比黑白的琴键,让我亲手去弹奏属于自己的歌曲。我更愿意把春天当作一名歌手,歌唱自己的青春物语,而我,只想当春天的一位听众,静静地观想它的美好。

我慢慢地展开胸膛,就这样任由春雨的洗礼,洗尽一切烦恼,一切在无言中度过……

第三辑

早晨掠过的翅膀

不是小说的小说

如果,有那么一天

天未必很蓝,水未必很清

只要,那么一点风

我们便手牵着手,在那断桥

感受许仙与白素贞的爱情

如果,有那么一刻

即使天再黑,草再枯

只要,那么一点微笑

我们便相拥,在那枝头,化蛹成蝶

双双飞往那个温暖的天堂

我们不必害怕,不必悲伤

我们依旧是我们

再大的风也吹不断我们扎下的根

我们没有遗憾

最多

我们为彼此讲述一段不是小说的小说

纳入彼此的爱情

在那小说里描绘一幅美丽的图画

那时花开

多么安静

画面呈现的时刻

没有伴奏,没有对白

那时,我还坐在父亲宽大的肩膀上

那时,我仍依偎在母亲温暖的怀里

那时,不需要言语

岁月的流逝

是催促草儿成长的口号

我长大了，生活却让我成为流浪的游子

后来

安静的小路，安静的海滩，留下的

不是踩过的足迹

而是，那时，点点滴滴的回忆

多么幸福

不用伴奏，不用对白

只叫，谁人忆起，那时花开

早晨掠过的翅膀

早晨，是在鸟儿清脆的鸣叫声中

惊醒。却又温馨

只因为那旋律悦耳动人

轻轻地打开天窗,我不禁目光一亮

一只只鸟儿,排着队伍

整齐地掠过,从那边的电线杆到

这边的屋顶。轻松自在

我不知道,在这个城市里

它们的自由,能持续到多久

那些乘着微风飞翔的翅膀,是否

在某一天被狭小的鸟笼所,禁锢

在此刻,它们不懂得惶恐与失落

但我分明看到了,它们对自由的渴望

白色的羽毛,如此轻盈的重量

却,承载着梦想的向往与追求

其实和大多数人一样

对于未来,只能默然

有多少个明天能在脑海上,遐想

就像一张张洁白无痕的画纸

需要蘸墨,一点一点地描绘,才能成画

于是,我打从心底默默祝福

希望明天,还能看见

那双写满自由的翅膀,以及

缀满梦想的,羽毛

不会留下,任何遗憾

握一把秋凉

绕过平静的湖水，走过平坦的小巷

萧瑟的秋风毫不犹豫地穿过

花丛里，地面上

那飘飞的黄叶

是秋天袅娜的舞姿

我只慢慢地，抬头

然后紧紧地，握住一把秋凉

暖暖地，抛向天空

呼喊不出深邃的诗句

只剩下

黄叶纷飞

在春天来临的日子

从来没有如此想过

在春天来临的日子，田园铺就的花丛

洋溢着生命的恬淡，与鸟鸣的清脆

甚至有明朗的歌者在晨曦的光线里

迈着青春年华的舞姿

走在哪儿，哪儿都有焕然一新的气息

女孩笑而不语的心事，埋藏在羞涩的弧度里

一如埋藏在这春天

像极了初春发芽的种子

淡淡的，浅浅的

我们自娱自乐地行走，把阳光拥抱在心

一只采完蜜的蜜蜂缓缓飞过，带着莫名的感动

如果在那一段逝去的时光里，曾经留下过遗憾

那么，请沿着去年走过的路径

重新拾起丢失的记忆

对生命的一切,比如流年锦时

暗藏于心,慢慢回忆

苹果树

午后,我喜欢散步

在时光流淌的溪流边

躲在苹果树下,收藏一份难言的阳光

褶皱的绿叶,端起曾经的记忆

有谁知道,曾有一个人

挑着水桶,浇着花草

那凹陷的泥土,有过数不清的思念

就在苹果树下,我会想起

你曾经的微笑

你擦擦身上的泥土,洗过苹果

递在我的眼前

我会视而不见,冷笑苹果上的污垢

你笑笑,笑脸上填满慈祥的牙齿

一年四季,你悄悄地来

好奇的我,悄悄地跟在你的身后

你一如既往,没有发现

挑着水桶,浇着花草

苹果树在漫长的夜里长大

你却在明媚的清晨里老去

停靠在树叶上的珍珠,连成一串

化作,深情的感动,和煦而温暖

直到,你不在了

时光带走了你的影子,却

带不走,你的灵魂,以及

我的思念

轻轻地摘下苹果

在回忆中尝上一口,忽而

朦胧的视线里,有你的微笑

一首歌的时间

是从寂静的彼岸飘来,一点,一滴

荡漾的涟漪不浮不沉,仿若一朵盛开的莲花

因为一首歌,鱼儿不再乱闯

因为一支曲,鸟儿不再散飞

弥漫着优美的旋律与质感

月光中,有人在轻弹

你的影子,我的模样

一近一远

一隐一现

直到一首歌的时间到了,慢慢地

随着潮汐远去

昨日,今昔,你还记得

我曾用一首歌的时间

拥抱一个朦胧的你

第四辑

解构阅读

《灿烂千阳》内容简介:阿富汗作家胡赛尼的《灿烂千阳》,讲述了两个不同时代的女性玛丽雅姆和莱拉先后嫁给中年鞋匠拉希德,各自带着属于自己的悲惨回忆,共同经受战乱、贫困与家庭暴力的重压。心底潜藏着的悲苦,让她们曾经水火不容,而后缔结情谊,如母女般相濡以沫。

用希望栽种灿烂的人性光辉

就像一部没有被过多剪辑的纪录片,《灿烂千阳》的扣人心弦是用最朴素的语言展现给读者的,从战乱流离到家庭暴力,一切人性的险恶仿佛汇聚成一条无法逾越的长河,在这部以阿富汗战乱为背景的小说中恣意冲撞。可是我们又总是在不经意间被其中的真情所动,在那个不可宽恕的时代,那些不可能的友谊和不可毁灭的爱,如同雪霁后的暖阳,温暖心窝。

时代情感的多重折射

除了将小说的镜头移向柔弱卑微的妇女外，《灿烂千阳》还将不同时代的人物有机地串联在一起，年龄相差十几岁，各自带着哀愁的回忆，只为了有个"简单的生活"而苦苦挣扎，让我们看到不一样的辛酸和感动。

大多数"90后"沉浸在年少朦胧的恋爱故事中，以战乱为背景的小说接触得甚少，只觉得陌生乏味，不符合他们的年龄和生活时代。然而，书里的情节虽然少了风花雪月，却充盈着沉淀后的感情，细细品来，依旧可以让他们产生共鸣。

在阿富汗的旧社会时期，富足人家的冷言冷语，贫穷人家的苦难生活，再加上战争带来的兵荒马乱，一派民不聊生的景象。对于生活在底层的人民，只能用无奈去形容，仿佛自己的一生都得掌握在别人手中。

"私生女"的头衔让玛丽雅姆遭受贫困潦倒的童年，"带我走"的请求让定期探访的父亲与之形同陌路，之后还被迫嫁给中年鞋匠拉希德，命途多舛。小说引人入胜的一点是用潮起潮落的童年经历来展现人物心理的变化，比如苦苦哀求自己的父亲、含恨嫁人、深受折磨虐待……让你无论从哪个角度来看都想呵护玛丽雅姆这样的孩子。

人性的懦弱与矛盾最初是从玛丽雅姆的父亲身上体现的，想爱，却不敢爱，眼睁睁地目送女儿离开，父女间的情分不得不在遗憾中画下沉重的句号。

所以当我们看到玛丽雅姆一心想过平静的生活，却遭遇了痛失家人、被迫嫁人、意外流产、家庭暴力时，不得不感叹人性的残酷，以及残酷背后的社会现实。

生命总会有阳光

小说的另一女主人公莱拉一出现便和玛丽雅姆水火不容——她是拉希德之后娶的老婆，比玛丽雅姆年轻十几岁。也许你会误以为作者的安排就是想来一场二女争一夫的老套剧情，其实不然，她们争的不是宠，而是生活得更幸福。

有别于玛丽雅姆成天的提心吊胆，在拉希德面前一直不敢抬头，十几岁便身为人母的莱拉有着超过同龄人的成熟，在家庭暴力的阴影下以淡然的心态理智地对待生活。

至于拉希德，险恶人性的象征，时常对两个手无寸铁的女性实行家庭暴力，在她们逃跑未遂后采用更加残暴的方式，占有欲凌驾于暴力之上。

冷酷与真情的相互交织使得小说如此的感染人，无论是战乱，还是家暴，我们都可以从中来透析阴晦的人性。捍卫人民的自然法则和良好的人性道德，在战争年代里却偏离了原来的轨迹，演绎成弱肉强食的社会现实。于是，两个女人索性抛弃所谓的希望，将自己小时候所欠缺的爱都放在莱拉所生的孩子阿兹莎的身上，只求平平淡淡地过一辈子。

这时，生活就不再是充满黑暗。

作者没有一味地局限于悲惨之中，阿兹莎让玛丽雅姆多年来死寂的心再次感受到人世间的一点真情，她欣喜地给阿兹莎画大象、绣布娃娃，视为己出，融入自己的生命。

无力改变现状不代表失去生命的意义，很多时候只是取决于我们个人如何对待，试着去领悟另一番生活也是尊重生命的做法。于是，玛丽雅姆和莱拉之后的坦然相处告诉我们，无论生命再伤痛也会有阳光。

用生命换取幸福

小说的最后，最让我感动的不是生活的解放，而是玛丽雅姆让莱拉带着孩子和重逢的初恋情人塔里克一起远走高飞，将拉希德的死全往自己身上扛，最后被判死刑。

她对美好生活的向往难以实现，就选择用自己的生命去换取别人的幸福。此时，读者容易注入自己的情感，认为拉希德死有余辜，应该留给玛丽雅姆生活得更好的机会。

其实不然，当我们看到她受刑，被喊跪下之后的一句"玛丽雅姆最后一次听从了别人的命令"时，就应该知道这样的想法是片面的。

臧克家在纪念鲁迅的一首诗《有的人》中写道：有的人活着，他已经死了；有的人死了，他还活着。一个人的生命虽然不复存在，但却得到了她想要的温暖和爱，也守护了她对人世间爱的信仰，是以一种付出爱和得到爱的方式离开了世界。如此一来，消逝的生命依然活着，对于玛丽雅姆而言也是最好的结局。

故事以孩子们为莱拉和塔里克未出世的孩子取名的温馨场面收尾，整本小说从头到尾都是朴实无华的，它靠的是胡赛尼对日常生活本质的洞察以及对人类情感细腻入微的刻画。

无论我们身处哪个时代，面对着怎样的不公，我们的内心都有着共同的希望，那便是平安而快乐地生活，这是生命中最美好的价值体现。成长与蜕变不是因为遭遇的痛苦有多深，而是懂得在酸楚中孕育希望的萌芽，将苦难化作肥料栽种灿烂的人性光辉。如此一来，玛丽雅姆也好，莱拉也罢，那些友谊、信念和自我救赎也都随之而解放。

《麦兜当当伴我心》简介：春田花花幼儿园出现严重经济困难，面临歇业危机，校长身兼数职努力维持经营。之后有人建议，不如组织春田花花合唱团，既可演出，也可赚钱。于是校长苦心寻觅找来胶牌经理人，领着一群初出茅庐的小朋友，开始了一段磕磕绊绊的音乐之旅。

音乐梦想里的感动

从来没有想过将音乐的元素融入动画片会有如此震撼的效果，在孩子们歌唱时，我以为这是一部纯粹以梦想为主题的影片，直到最后，我释然了。残酷现实下的所谓梦想在影片中只是一种基调，这条路上，镜头开始移向师生之间的情谊，从最初的无助、中间的坎坷，到最后的坚持，在几乎遗憾收场的结局中，麦兜这群孩子却以真挚的歌声完善了自我。

由此，影片所挖掘的美好人生并非是表面的繁华，而是坚持最初的理想与信念。

由单纯孕育的梦想

《麦兜》系列的作品总会让我们联想到城市人为梦想打拼的画面，浓浓的现实味道在本应该懵懂的动画片中却灵活地展示出来，具体而生动。说白了，就是一群"屌丝"的磕绊生活，挣扎在梦想与现实之间，身上辛酸的汗水成了他们为之付诸一切的见证。

《麦兜当当伴我心》也延续了这一点，在众人都并不看好的幼儿园里，门口是被泼满"欠债还钱"的红油漆，小朋友们每天只能分到一粒咬不开的糖炒栗子，校长费尽心思谋出一条解救之路——唱歌。

于是，我们总能看到一辆载满孩子的巴士穿梭于城市之间，他们唱过商场，录过广告歌曲，遇过骗钱跑路的胶牌经理人……他们身上或多或少映衬着我们的影子——生活在社会底层的我们选择北漂、摆摊、搬运，做尽一切的苦活，在南上北下经历艰辛的同时忍受着上层人士鄙夷的目光，埋头与皱眉成了我们惯性的表达。起初对导演将生活的苦味用动画片的形式展现这点心存疑惑，直到看到麦兜在舞台上快乐地歌唱，我才明白原来梦想路上的无奈、追求、失败等必须经历的过程是可以由"单纯"来孕育和坚持的，因为单纯，才能够肆无忌惮地拼搏，没有太多的琐碎，才有了过程中的享受。

一直以来，我们对单纯的定义仅限于一种无知，殊不知它是一种对生活本质的相信，相信痛苦的背后会有幸福。就像麦兜这群孩子，因为相信能改善幼儿园的生活而去歌唱，从最初的被迫到站在舞台上的专注与快乐，在此过程中，他们已无意间把唱歌演变成内心不可动摇的梦想，而且是由单纯孕育而成的。年幼的他们并不知道太多，复杂的世界在他们看来不过是恒生指数的升与降，将糖炒栗子咬开，但他们认定的梦想却比谁都执着，那是一种坚持，也是一种对音乐的信赖，苦闷的生活因而

被他们打造成轻松感人的舞台。

谁不向往美好的生活？但面对世界的种种无奈，我们又能如何？所以我们大可以学麦兜那种"单纯"的思维来看待世界，大有大路，小有小路，总有或大或小的梦想会让我们去坚持，成为人生中不可或缺的重要支撑。

饱含热忱的生活

在观看影片的过程中，有个人会让我们印象深刻，那便是这部影片的灵魂人物——对音乐执着的校长。

这位介乎在懵懂的少年和迟暮的老年之间的校长无疑是影片中"屌丝"的代表，他硬撑着身体，身兼数职来维持幼儿园的日常开销，那坚持不懈的一举一动分明在提醒我们：梦想无关贵贱与年龄。所谓懵懂、迟暮、孩子、老师，这些人和事在这部动画片中营造出一种天真而深沉的氛围，正如别人眼中的"卖口条"，在麦兜看来却是肉厚美声；别人眼中的"死心眼"，在校长看来却是支撑的理念。让我们埋头深思，真正悲催的生活不是贫穷，而是没有足够的耐心去拔高扎根于心底的梦想。只有坚定的理念，才能磨平坎坷的道路，触及那道希望的光芒。

也许当我们看到学生们对校长说"这么辛苦还是别顶着了"时，会产生一样的想法，辛苦的付出，却解救不了幼儿园的危机，何必呢？但显然，校长所维持的不是一所简单的幼儿园，而是可以播种梦想的田园。

那些从春田花花幼儿园毕业的学生几乎都只是城市底层的"屌丝"，但谁又能判定他们不是一群善良质朴的孩子呢？年少的美梦或许无法得以实现，但幸好自身还心存梦想，从来没有被这个硬邦邦的世界所改变，他们依旧会替孩子们张东罗西，依旧会守候在生病的校长身边。

他们最后一次演出是在校长的学生男中音麦交的追悼会上,在淡淡的旋律当中,影片将麦交成长的片段做了一次展示,同样单纯地开始,到为之倾尽一生,他希望音乐是他在世上留下的唯一痕迹,而不是那些浮华与虚荣。让我们都重新回到年少的自己,再经历一次成长,或许我们都会选择勇敢地面对平凡生活中的寻常苦难,从中找到自己喜欢热爱的梦想,让生活不再单调枯燥,因为生活需要的是那么一点热忱。

最美妙的感动

影片的最后,经纪人跑路了,幼儿园被修建成豪宅,校长也回去当校工。但这样的结局却丝毫没有让我感觉到可惜,借用麦兜的一句话,这个世界就是这样子的啦!

影片把感动比喻为"急便便",歌唱的孩子像一朵鲜花,麦兜听到歌曲会感到"胀屎",就像花儿会在微风中摇曳起舞姿,作为观众的我们自然也会深陷进他们真挚的歌声里。

这样的感动,全因真诚的付出。某些时候,有些梦想甚为廉价,缺少站得住脚的理由。成功与失败的区别在于梦想实现的那一刻,我们的执迷不悟,梦想破碎那一刻,我们的执迷不悟。在我带着这样的想法去观看影片时,我却发现已经不能用如此观点去阐述,无论是麦兜,还是校长,他们身上最美妙的感动不是执着于对事情意义的深究,而是忠于最初的坚持,享受坚持所带来的"急便便"。

校长给孩子们种下了一颗热爱音乐的种子,那颗种子无论最终成为参天大树,还是田里的一棵小苗,都能触动他们内心的柔软,以至于让他们在有限的生命中,有个最美妙的起点和终点。恰如麦兜所说的,当我们开心、伤心,当我们希望、失望,我们庆幸心里肠里,总有首歌在窜来窜

去,撑着撑着……让硬邦邦的,不至硬进心肠;让软弱,不至倒塌不起。

在不为谁而改变的世界里,一首歌可以让麦兜完成从傻气到认真,从认真到坚持的蜕变,蓦然回首,所谓的艰辛从来都只是生活的部分,而非整体。我们也因为麦兜而相信生活总会有触动心弦的感动,就像那首歌,飘来飘去,伴其一生。